Translated Language Learning

Alice's Adventures in Wonderland

Приключенията на Алиса в страната на чудесата

Lewis Carroll

English / Български

Down the Rabbit Hole
Надолу по заешката дупка

Alice was beginning to get very tired
Алис започна да се уморява много
she was sitting by her sister on the grass bank
Тя седеше до сестра си на тревния бряг
but she had nothing to do
Но тя нямаше какво да прави
her sister was reading a book
сестра й четеше книга
once or twice Alice peeped into the book
веднъж или два пъти Алис надникна в книгата
but the book had no pictures or conversations in it
Но в книгата нямаше снимки или разговори
"what use is a book without pictures?," thought Alice
"Каква полза от книга без картинки?" – помисли си Алиса
"why would a book have no conversations?"
"Защо една книга няма разговори?"
but she had other things to consider

но имаше други неща за обмисляне

"making a chain of daisies would be a pleasure"

"Правенето на верига от маргаритки би било удоволствие"

"but is it worth the effort of getting up and picking the daisies??"

— Но струва ли си усилията да станеш и да береш маргаритки?

this was not so easy to think about

Не беше толкова лесно да се мисли за това

because the day was making her feel sleepy and stupid

защото денят я караше да се чувства сънлива и глупава

but suddenly her thoughts were interrupted

но изведнъж мислите й бяха прекъснати

a White Rabbit with pink eyes ran close by her

Бял заек с розови очи тича близо до нея

There was nothing overly remarkable about the rabbit
Нямаше нищо прекалено забележително в заека
and Alice did not think the rabbit remarkable either
и Алиса също не смяташе, че заекът е забележителен
nor did it surprise her when the Rabbit spoke
нито пък я изненада, когато Заекът проговори
"Oh dear! I shall be too late!" he said to himself
— О, скъпа! Ще закъснея! — каза си той
but then the Rabbit did something that rabbits didn't do
но след това Заекът направи нещо, което зайците не направиха
the Rabbit took a watch out of its waistcoat-pocket
Заекът извади часовник от джоба на жилетката си
he looked at the time and then hurried on
Той погледна времето и забърза напред
Alice got to her feet, in amazement
Алиса се изправи на крака, изумена
she had never seen a rabbit with a waistcoat before!
Никога преди не беше виждала заек с жилетка!
nor had she ever seen a rabbit with a watch!
нито пък някога беше виждала заек с часовник!
Alice was burning with a new curiosity
Алиса гореше от ново любопитство
and she ran across the field after the Rabbit
и тя хукна през полето след Заека
she was just in time to see the rabbit disappear
Тя беше точно навреме да види как заекът изчезва
the rabbit hopped down into a large rabbit-hole
Заекът скочи в голяма заешка дупка
In another moment, down went Alice after the rabbit!
След миг Алиса падна след заека!
The rabbit-hole went straight on like a tunnel
Заешката дупка вървеше право като тунел
and the tunnel kept going for some distance
и тунелът продължи известно разстояние
and then the path suddenly dipped down
И тогава пътеката изведнъж се спусна надолу

Alice had not a moment to think about stopping herself

Алиса нямаше нито миг да помисли да спре

she found herself falling down and down and down

Тя се озова да пада надолу и надолу, и надолу

it seemed as if she had fallen down a very deep well

изглеждаше, че е паднала в много дълбок кладенец

Either the well was very deep, or she fell very slowly

Или кладенецът беше много дълбок, или тя падаше много бавно

because she had plenty of time to fall

защото имаше достатъчно време да падне

as she was falling she could look all around her

докато падаше, можеше да се огледа наоколо

First, she tried to make out where she was going

Първо се опита да разбере къде отива

but the well was too dark to see anything

но кладенецът беше твърде тъмен, за да се види нещо

then she looked at the sides of the well

След това погледна стените на кладенеца

and she noticed that there were cupboards all around her

и забеляза, че навсякъде около нея има шкафове

and all around the well were book-shelves

а навсякъде около кладенеца имаше рафтове с книги

here and there she saw maps and pictures hung upon pegs

тук-там виждаше карти и картини, окачени на колчета

She took down a jar from one of the shelves as she passed

Тя свали буркан от един от рафтовете, докато минаваше покрай него

the jar was labelled for its content

бурканът е етикетиран заради съдържанието си

"MARMALADE MADE FROM ORANGES"

"МАРМАЛАД ОТ ПОРТОКАЛИ"

but, to her great disappointment, the marmalade jar was empty

но за нейно голямо разочарование бурканът с мармалад беше празен

she did not want to drop the empty marmalade jar

Тя не искаше да изпусне празния буркан с мармалад
and her fall was very slow
и падането й беше много бавно
so she managed to put the marmalade jar into one of the cupboards
Така че тя успя да постави буркана с мармалад в един от шкафовете
Down, down, down she fall!
Надолу, надолу, надолу тя пада!
Would the fall ever come to an end?
Дали падението някога ще приключи?
There was nothing else to do
Нямаше какво друго да се направи
so Alice soon began talking to herself
така че Алис скоро започна да говори сама на себе си
"Dinah will miss me very much tonight, I should think!"
— Струва ми се, че много ще липсвам на Дина тази вечер!
Dinah was Alice's cat
Дина беше котката на Алис
"I hope they'll remember her saucer of milk at tea-time"
— Надявам се, че ще си спомнят чинийката с мляко по време на чай.
"Dinah, my dear, I wish you were down here with me!"
— Дина, скъпа моя, иска ми се да си тук долу с мен!
Alice felt that she was dozing off
Алиса почувства, че дреме
and then suddenly, thump! thump!
И след това изведнъж туп! Туп!
down she fell upon a heap of sticks
Надолу тя падна върху купчина пръчки
and she landed on a pile of dry leaves
и тя кацна на купчина сухи листа
and finally the long fall down the hole was over
и накрая дългото падане в дупката приключи
Alice was not a bit hurt
Алиса не беше ни най-малко наранена
and she jumped up within a moment

и тя скочи за миг

She looked up, but it was all dark overhead

Тя вдигна поглед, но всичко беше тъмно над главата му

in front of her was another long corridor

пред нея имаше друг дълъг коридор

and the White Rabbit was still in sight

а Белият заек все още се виждаше

he was hurrying down the corridor

Той бързаше по коридора

There was not a moment to be lost

Нямаше нито миг за губене

off ran Alice like the wind

Алиса побягна като вятъра.

around the corner turned the rabbit

Зад ъгъла се обърна заекът

she was just in time to hear the rabbit

Тя беше точно навреме да чуе заека

""Oh, my ears and whiskers"

"О, ушите и мустаците ми"

"how late it's getting!"

— Колко късно става!

She was close behind the rabbit

Тя беше близо до заека

she turned around another corner

Тя се обърна зад друг ъгъл

but the Rabbit was no longer to be seen

но Заекът вече не се виждаше

She found herself in a long, low hall

Тя се озова в дълга, ниска зала

the hall was lit up by a row of ceiling lamps

Залата беше осветена от редица таванни лампи

There were doors all around the hall

Имаше врати из цялата зала

but all the doors were locked

Но всички врати бяха заключени

she walked all the way down one side of the hall

Тя вървеше по целия път от едната страна на коридора

and she had walked all the way up the other side of the hall
и беше извървяла целия край на коридора
she had tried every door
Беше опитала всяка врата
and she walked sadly down the middle of the hall
и тя тръгна тъжно по средата на коридора
"how am I ever going to get out again?"
— Как ще изляза отново?

Suddenly she came upon a little table
Изведнъж тя се натъкна на малка масичка
the table was made entirely of solid glass
масата беше направена изцяло от масивно стъкло

There was nothing on the table but a tiny golden key
На масата нямаше нищо освен малък златен ключ
the key might belong to one of the doors!
ключът може да принадлежи на някоя от вратите!
but, alas! some of the locks were too large for the keys
но, уви! Някои от ключалките бяха твърде големи за
ключовете
and for the other locks the key was too small
а за другите ключалки ключът беше твърде малък
but, at any rate, the key opened none of the doors
но във всеки случай ключът не отвори нито една от
вратите
but what was she to do?
Но какво трябваше да прави?
she went through the hall again
Тя отново мина през коридора
and this time she noticed a low curtain
и този път забеляза ниска завеса
behind the curtain was a little door
зад завесата имаше малка врата
the door was about fifteen inches high
вратата беше висока около петнадесет инча
She tried the little golden key in the lock
Тя опита малкия златен ключ в ключалката
and to her great delight, the key fit in the lock!
и за нейна голяма радост ключът се побра в ключалката!
Alice opened the door
Алис отвори вратата
and she found the door led into a small corridor
и намери вратата, водеща към малък коридор
the corridor was not much larger than a rat-hole
коридорът не беше много по-голям от дупка за плъхове
she knelt down and looked along the corridor
Тя коленичи и погледна по коридора
and she saw the loveliest garden you have ever seen
И тя видя най-прекрасната градина, която някога сте
виждали

how she longed to get out of that dark hall

Как копнееше да излезе от тази тъмна зала

how she wanted to wander among those bright flowers

как й се искаше да се скита сред тези ярки цветя

how cool refreshing those fountains looked

Колко готино освежаващи изглеждаха тези фонтани

but she could not even get her head through the doorway

но тя дори не можа да прокара главата си през вратата

"Oh," said Alice, mournfully

— О, — каза Алиса тъжно

"how I wish I could fold up like a telescope!"

— Как ми се иска да можех да се сгъна като телескоп!

"I think I could fold up like a telescope"

"Мисля, че мога да се сгъна като телескоп"

"if I only knew how to begin"

"Само ако знаех как да започна"

Alice went back to the table

Алиса се върна на масата

there was the chance of finding another key

имаше шанс да намеря друг ключ

or there might be a book of rules

или може да има книга с правила

the book could tell her how to fold up like a telescope

Книгата може да й каже как да се сгъне като телескоп

This time she found a little bottle

Този път тя намери малко шишенце

"this bottle certainly was not here before," said Alice

— Тази бутилка със сигурност не е била тук преди — каза Алис

and tied around the neck of the bottle was a paper label

а около гърлото на бутилката беше завързан хартиен етикет

the label was beautifully printed in large letters

Етикетът беше красиво отпечатан с големи букви

"DRINK ME"

"ПИЙ МЕ"

"No, I'll look first," she said

— Не, първо ще погледна — каза тя

"I'll see whether the bottle is marked as poisonous or not,"

— Ще видя дали бутилката е маркирана като отровна или не.

because she never forgot the lesson about poison

защото никога не е забравила урока за отровата

"if a bottle is labelled poisonous, it's bound to disagree with you"

"Ако бутилката е етикетирана като отровна, тя със сигурност няма да се съгласи с вас"

However, this bottle was not marked as poisonous

Тази бутилка обаче не беше маркирана като отровна

so Alice ventured to taste the content of the bottle

така че Алиса се осмели да опита съдържанието на бутилката

she found the liquid quite to her liking

Тя намери течността за много подходяща за нея

the drink had a sort of mixed flavour

Напитката имаше нещо като смесен вкус

cherry-tart, custard, and pineapple

Черешов тарт, крем и ананас

roast turkey, toffee, and toast with hot butter

печена пуйка, карамел и препечен хляб с горещо масло

and she soon finished off the bottle

и скоро тя допи бутилката

"What a curious feeling!" said Alice

— Какво странно чувство! — каза Алиса

"I am folding up like a telescope!"

"Сгъвам се като телескоп!"

And she was folding up like a telescope indeed!

И тя наистина се сгъваше като телескоп!

She was now only ten inches high

Сега тя беше висока само десет инча

and her face brightened up at her thoughts

и лицето й се озари от мислите й

now she was the the right size for the little door

сега тя беше с правилния размер за малката врата

now she could go into that lovely garden
Сега можеше да влезе в онази прекрасна градина
soon she stopped getting smaller
скоро тя спря да става по-малка
she decided on going into the garden at once
Тя реши веднага да отиде в градината
but, alas for poor Alice!
но, уви за бедната Алиса!
she got to the door
Стигна до вратата
but she had forgotten the little golden key
но беше забравила малкия златен ключ
she went back to the table for the key
Тя се върна на масата за ключа
but she found she could not reach high enough
но откри, че не може да стигне достатъчно високо
she could see the key quite plainly through the glass
Тя можеше да види ключа съвсем ясно през стъклото
she tried to climb up the legs of the table
Тя се опита да се покатери по краката на масата
but the glass was far too slippery
но стъклото беше твърде хлъзгаво
eventually she tired herself out with trying
В крайна сметка се умори да се опитва
and the poor little girl sat down and cried
а горкото момиченце седна и заплака
Alice spoke to herself rather sharply
Алиса заговори на себе си доста остро
"Come, there's no use in crying like that!"
— Хайде, няма смисъл да плачеш така!
"I advise you to stop right this minute!"
"Съветвам ви да спрете точно сега!"
She generally gave herself very good advice
Като цяло тя си даваше много добри съвети
though she very seldom followed her own advice
въпреки че много рядко следваше собствените си съвети
and she sometimes was too harsh on herself

и понякога беше твърде сурова към себе си

and her words brought tears into her eyes

и думите й предизвикаха сълзи в очите й.

Soon her eye fell upon a little glass box

Скоро погледът й падна върху малка стъклена кутия

the little glass box was lying under the table

Малката стъклена кутия лежеше под масата

in the glass box was a very small cake

В стъклената кутия имаше много малка торта

on the cake some words were beautifully written

на тортата бяха красиво написани няколко думи

the words had been marked in currants

Думите бяха отбелязани в касис

"EAT ME"

"ИЗЯЖ МЕ"

"Well, I'll eat the cake," said Alice

— Е, ще изям тортата — каза Алиса

"and if the cake makes me grow larger, I can reach the key"

"И ако тортата ме накара да стана по-голям, мога да стигна до ключа"

"and if the cake makes me grow smaller, I can creep under the door"

"И ако тортата ме накара да стана по-малка, мога да се промъкна под вратата"

"so either way I'll get into the garden"

"Така че така или иначе ще вляза в градината"

"and I don't care which of the two happens!"

— И не ме интересува кое от двете ще се случи!

She ate a little bit of the cake

Тя изяде малко от тортата .

and she anxiously spoke to herself:

и тя разтревожено си каза:

"Which way? Which way?"

— Накъде? Накъде?

and she held her hand on her head

и тя държеше ръката си на главата си

she wanted to feel which way she was growing

Искаше да почувства по какъв начин расте
she was quite surprised to find what had happened
Тя беше доста изненадана да разбере какво се е случило
she had remained the same size!
Тя беше останала със същия размер!
so this time she doubled her efforts
Така че този път тя удвои усилията си
and soon she finished off the whole cake
и скоро тя довърши цялата торта

The Pool of Tears
Локвата от сълзи

"This is getting more and more interesting!" cried Alice

— Става все по-интересно! — извика Алиса

You can see she was very surprised

Можете да видите, че тя беше много изненадана

"I'm opening out like the largest telescope there ever was!"

"Отварям се като най-големия телескоп, който някога е имало!"

"Good-bye, feet! Oh, my poor little feet"

— Довиждане, крака! О, горките ми малки крачета"

"I wonder who will put on your shoes for you now, dears?"

— Чудя се кой ще ви обуе обувките сега, скъпи?

"and I wonder who will put on your stockings?"

— И се чудя кой ще ти сложи чорапи?

"I shall be a great deal too far away"

"Ще бъда твърде далеч"

"I won't be able trouble myself about you anymore"

"Няма да мога повече да се занимавам с теб"

Just at this moment her head struck against something

Точно в този момент главата й се удари в нещо

she had reached the roof of the hall

Беше стигнала до покрива на залата

in fact, she was now more than two meters tall

всъщност сега тя беше висока повече от два метра

and she at once took up the little golden key

и тя веднага взе малкия златен ключ

and she hurried off to the garden door

и тя побърза към вратата на градината

Poor Alice! There was not much she could do

Горката Алиса! Нямаше какво да направи

she laid down on one side

Тя легна на една страна

and she looked through into the garden with one eye

и тя погледна в градината с едно око

but to get through was more hopeless than ever

Но да се справя беше по-безнадеждно от всякога

She sat down and began to cry again
Тя седна и отново започна да плаче
She went on shedding gallons of tears
Тя продължи да пролива галони сълзи
soon there was a large pool all around her
скоро около нея имаше голям басейн
and the water reached half-way down the hall
и водата стигна до средата на коридора
After a time, she heard a little pattering of feet
След известно време тя чу леко тропане на краката
she heard the feet coming from the distance
Тя чу краката да идват отдалеч
and she hastily dried her eyes to see what was coming
и тя бързо избърса очите си, за да види какво предстои
It was the White Rabbit returning
Завръщането на Белия заек
he was splendidly dressed
той беше великолепно облечен
he had a pair of white gloves in one hand
Той държеше чифт бели ръкавици в едната ръка
and he had a large feather fan in the other hand
а в другата ръка имаше голям ветрило от пера
He came trotting along in a great hurry
Той вървеше в тръс с голяма бързина
and he muttered to himself, "Oh! the Duchess, the Duchess!"
и промърмори на себе си: "О! херцогинята, херцогинята!"
"Oh! won't she be savage if I've kept her waiting!"
— О! няма ли да бъде дива, ако я накарам да чака!

When the Rabbit came near her, Alice spoke
Когато Заекът се приближи до нея, Алиса заговори
but she spoke in a low, timid voice
но тя говореше с нисък, плах глас
"sir, please stop what you're doing for one moment"
"Сър, моля, спрете това, което правите за момент"
The Rabbit startled violently
Заекът се стресна силно
he dropped the white gloves and the feather fan
Той пусна белите ръкавици и ветрилото с пера
and he scurried away into the darkness as fast as he could
и той се втурна в мрака колкото може по-бързо
Alice picked up the feather fan and gloves
Алиса вдигна ветрилото и ръкавиците
and she kept fanning herself while she kept talking
и тя продължаваше да се вее, докато продължаваше да говори
"Dear, dear! How strange everything is today!"
— Скъпа, скъпа! Колко странно е всичко днес!"

"yesterday things went on just as usual"
"Вчера нещата вървяха както обикновено"
"Was I the same when I got up this morning?"
— Същият ли бях, когато станах тази сутрин?
"But if I'm not the same, there is another question"
"Но ако не съм същият, има друг въпрос"
"Who in the world am I?"
"Кой съм аз?"
"Ah, that's the great puzzle!"
"О, това е страхотният пъзел!"
As she said this, she looked down at her hands
Докато каза това, тя погледна надолу към ръцете си
she was wearing one of the rabbits little white gloves
Тя носеше една от белите ръкавици на зайците
she hadn't noticed she put the glove on while talking
Не беше забелязала, че си сложи ръкавицата, докато
говореше
"How can I have done that?" she thought
"Как можех да направя това?" помисли си тя
"I must be growing small again"
"Трябва отново да съм малък"
She got up and went to the table to measure her height
Тя стана и отиде до масата, за да измери височината си
she found that she was now about half a meter tall
Тя открила, че сега е висока около половин метър
and she was still shrinking rapidly
и тя все още се свиваше бързо
She soon found out what the cause of the shrinking was
Скоро тя разбра каква е причината за свиването
the feather fan was making her smaller again!
ветрилото на перата я правеше отново по-малка!
and she dropped the feather fan hastily
и тя бързо пусна ветрилото с пера
she dropped the feather fan just in time to save herself
Тя пусна ветрилото с пера точно навреме, за да се спаси
had she fanned herself any longer she would have shrunk
away entirely

Ако се беше развеяла повече, щеше да се свие напълно
"That was a narrow escape!" said Alice
— Това беше косъм да се измъкне! — каза Алиса
and she was a good deal frightened at the sudden change
и тя беше много уплашена от внезапната промяна
but she was very glad to find herself still in existence
но тя беше много щастлива, че все още съществува
"And now, off to the garden!"
— А сега към градината!
And she ran with all speed back to the little door
И тя се затича с пълна скорост обратно към малката врата
but, alas! the little door was shut again
но, уви! Малката врата отново се затвори
and the little golden key was lying on the glass table again
и малкият златен ключ отново лежеше на стъклената маса
"Things are worse than ever," thought the poor child
"Нещата са по-лоши от всякога", помисли си горкото дете
"I never was so small as this before, never!"
"Никога преди не съм била толкова малка, никога!"
As she said these words, her foot slipped
Докато каза тези думи, кракът й се подхлъзна
and in another moment there was a great splash!
и в друг миг се чу голям плясък!
she was up to her chin in salt-water
Беше до брадичка в солена вода
Her first idea was that she had somehow fallen into the sea
Първата й идея беше, че по някакъв начин е паднала в
морето
However, she soon realized what she was in
Скоро обаче тя осъзна в какво се намира
she was in a pool of tears
тя беше в локва от сълзи
the tears she had wept when she was two meters tall
сълзите, които беше изплакала, когато беше висока два
метра

Just then she heard something

Точно тогава тя чу нещо.

something was splashing about in the pool

нещо се пръскаше в басейна

the splashing came from a little way off

пръскането дойде малко отдалеч

and she swam nearer to see what the splashing was

и тя доплува по-близо, за да види какво е пръскането

she soon saw that it was only a little mouse

Скоро видя, че това е само малка мишка

the little mouse had slipped in to the water too

Малката мишка също се беше промъкнала във водата

Alice thought to herself about the situation

Алиса се замисли за ситуацията

"Would it be of any use to speak to this mouse?"

— Ще има ли полза да говоря с тази мишка?

"Everything is so up-side-down down here"

"Тук всичко е толкова обърнато с главата надолу"

"I should think very likely this mouse can talk"

— Мисля, че е много вероятно тази мишка да говори.

"at any rate, there's no harm in trying"
"Във всеки случай, няма нищо лошо в опитите"
So she began trying to talk to the mouse
Затова тя започна да се опитва да говори с мишката
"Oh Mouse, do you know the way out of this pool?"
- О, Мишка, знаеш ли изхода от този басейн?
"I am very tired of swimming about here, Oh Mouse!"
— Много ми омръзна да плувам тук, о, Мишка!
The mouse looked at her rather inquisitively
Мишката я погледна доста любопитно
the mouse seemed to wink with one of its little eyes
Мишката сякаш намигна с едно от малките си очи
but the little mouse said nothing
Но малката мишка не каза нищо
"Perhaps the mouse doesn't understand English," thought Alice
"Може би мишката не разбира английски", помисли си Алиса
"I dare say it's a French mouse"
"Смея да твърдя, че това е френска мишка"
"perhaps this mouse came over with William the Conqueror"
"Може би тази мишка е дошла с Уилям Завоевателя"
So she began again, in French
Така че тя започна отново, на френски
"Where is my cat?" she asked in French
"Къде ми е котката?", попита тя на френски
it was the first sentence in her French lesson-book
това беше първото изречение в нейния урок по френски
The Mouse gave a sudden leap out of the water
Мишката внезапно изскочи от водата
and the mouse seemed to quiver all over with fright
и мишката сякаш трепереше от страх
"Oh, I beg your pardon!" cried Alice hastily
— О, моля за извинение! — извика Алиса припряно
she was afraid that she had hurt the poor animal's feelings
Тя се страхуваше, че е наранила чувствата на горкото животно

"I quite forgot you didn't like cats"

— Съвсем забравих, че не обичаш котки.

"I don't like cats!" cried the Mouse in a shrill, passionate voice

— Не обичам котки! — извика Мишката с писклив страстен глас

"Would you like cats, if you were me?"

— Бихте ли искали котки, ако бяхте на мое място?

Alice comforted the mouse in a soothing tone

Алиса успокои мишката с успокояващ тон

"Well, perhaps I would not like cats if I were you either"

- Е, може би и аз нямаше да харесвам котки, ако бях на твое място.

"please don't be angry about the mention of cats"

"Моля, не се ядосвайте за споменаването на котки"

"And yet I wish I could show you our cat Dinah"

"И все пак ми се иска да можех да ти покажа нашата котка Дина"

"if you met her I think you'd take a fancy to cats"

— Ако я срещнеш, мисля, че ще ти харесат котките.

"if you could only see her"

"Само ако можеше да я видиш"

"She is such a dear, quiet thing"

"Тя е толкова скъпа, тиха нещо"

The mouse was shaking all over

Мишката трепереше навсякъде

Alice felt certain the mouse must be really offended

Алиса беше сигурна, че мишката наистина е обидена

"We won't talk about her any more, if you'd rather not"

— Няма да говорим повече за нея, ако предпочиташ да не го правиш.

"We, indeed!" cried the Mouse

— Ние, наистина! — извика Мишката

the mouse was trembling down to the end of its tail

мишката трепереше до края на опашката си

"As if I would talk on such a subject!"

— Сякаш искам да говоря на такава тема!

"Our family always hated cats"
"Нашето семейство винаги е мразило котките"
"cats; nasty, low, vulgar things!"
"Котки; гадни, низки, вулгарни неща!"
"Don't let me hear the name again!"
— Не ми позволявай да чуя името отново!
"I won't mention cats again indeed!" said Alice
— Всъщност няма да споменавам повече котки! — каза
Алиса
she was in a great hurry to change the subject
тя много бърза да смени темата
"Are you... are you fond of dogs?"
— Ти ли си... Обичате ли кучета?
"There is such a nice little dog near our house,"
"Има толкова хубаво малко куче близо до къщата ни",
"I should like to show you the little dog!"
— Бих искал да ви покажа малкото куче!
"this little dog kills all the rats and...
"Това малко куче убива всички плъхове и...
"oh, dear!" cried Alice in a sorrowful tone
— О, скъпа! — извика Алиса с тъжен тон
"I'm afraid I've offended you again!"
— Страхувам се, че отново те обидих!
the mouse was swimming away from her as fast as it could
go
Мишката плуваше далеч от нея толкова бързо, колкото
можеше
and the mouse made quite a commotion in the pool
и мишката направи доста суматоха в басейна
So she called softly after the mouse
Затова тя тихо извика след мишката
"my dear mouse, please come back!"
"Скъпа моя мишка, моля те, върни се!"
"and we won't talk about cats"
"И няма да говорим за котки"
"and we don't have to talk about dogs either"
"И не е нужно да говорим за кучета"

When the mouse heard this, it turned around
Когато мишката чула това, тя се обърнала
and the little mouse swam slowly back to her
и малката мишка бавно доплува обратно към нея
the mouse's face was quite pale
лицето на мишката беше доста бледо
and the mouse spoke, in a low, trembling voice
и мишката заговори с нисък, треперещ глас
"Let us get to the shore"
"Да стигнем до брега"
"and then I'll tell you my history"
"И тогава ще ви разкажа моята история"
"and you'll understand why it is I hate cats and dogs"
"И ще разберете защо мразя котки и кучета"
It had become high time to go
Беше крайно време да си тръгваме
because the pool was getting quite crowded
защото басейнът ставаше доста претъпкан
other birds and animals had fallen into the pool
други птици и животни бяха паднали в басейна
there were a Duck and a Dodo
имаше Патица и Додо
and there was a Lory bird and an Eaglet
и имаше птица Лори и орлето
and there were several other interesting looking creatures
Имаше и няколко други интересни същества
Alice led the way out the pool
Алиса изведе пътя към басейна
and the whole party of animals swam to the shore
и цялата група животни доплува до брега

A caucus race and a long tail
Надпревара на партийни събрания и дълга опашка
They were indeed a funny-looking bunch of animals
Те наистина бяха странно изглеждащи животни
and they all assembled on the water's bank
и всички се събраха на брега на водата
the birds all had bedraggled feathers
всички птици имаха опърпани пера
and the furry animals were soaked through
и косматите животни бяха напоени през
and all were dripping wet, annoyed and uncomfortable
и всички бяха мокри, раздразнени и неудобни

there was one question that had to be answered first
Имаше един въпрос, на който първо трябваше да се отговори
what is the best way for everyone to get dry?
Кой е най-добрият начин всички да изсъхнат?
They had a consultation about this matter
Те проведоха консултация по този въпрос

soon they were all on familiar terms
скоро всички бяха в познати отношения
it was as if she had known them all her life
сякаш ги познаваше през целия си живот
the mouse seemed to be a person of some authority
Мишката изглеждаше човек с някакъв авторитет
"Sit down, all of you, and listen to me!
— Седнете всички и ме слушайте!
"I'll soon make you all dry again!"
— Скоро ще ви накарам да изсъхнете отново!
They all sat down at once, in a large ring
Всички седнаха наведнъж, в голям кръг
and the little mouse sat in the middle
а малката мишка седеше по средата
"Ahem!" said the mouse with an important air
— Хм! — каза мишката с важно изражение
"Are you all ready?"
— Готови ли сте?
"This is the driest thing I know"
"Това е най-сухото нещо, което познавам"
"Silence all around, if you please!"
"Тишина наоколо, ако позволите!"
"William the Conqueror was favoured by the pope"
"Уилям Завоевателят беше облагодетелстван от папата"
"but he was soon submitted to by the English"
"но скоро той беше подчинен от англичаните"
"they wanted leaders of late"
"Напоследък искаха лидери"
"and they had been accustomed to power and conquest"
"И те бяха свикнали с власт и завоевания"
"Edwin and Morcar, the Earls of Mercia and Northumbria"
"Едуин и Моркар, графовете на Мерсия и Нортумбрия"
"Ugh!" said the lori bird, with a shiver
— Уф! — каза птицата лори с треперене
"and even Stigand, the patriotic archbishop of Canterbury"
"и дори Стиганд, патриотичният архиепископ на
Кентърбъри"

"he also found it advisable"

"Той също го намери за препоръчително"

"What did he find advisable?" said the duck

— Какво намери за препоръчително? — попита патицата

"He found it advisable" the mouse replied rather crossly

— Намери го за препоръчително — отвърна мишката доста сърдито

but the duck was not satisfied

Но патицата не беше доволна

"of course, you know what 'it' means"

"Разбира се, знаете какво означава "то"

"I know what 'it' is when I find a thing," said the duck

— Знам какво е "то", когато намеря нещо — каза патицата

"it's generally a frog or a worm"

"Обикновено това е жаба или червей"

"The question is, what did the archbishop find?"

"Въпросът е какво е открил архиепископът?"

The mouse did not notice this question

Мишката не забеляза този въпрос

instead, the mouse hurriedly went on with the speech

Вместо това мишката бързо продължи речта

"he found it advisable to go with Edgar Atheling"

"Той намери за препоръчително да отиде с Едгар Ателинг"

"to meet William and offer him the crown"

"да се срещне с Уилям и да му предложи короната"

the mouse continued, turning to Alice as it spoke

мишката продължи и се обърна към Алиса, докато говореше

"How are you getting on now, my dear?"

— Как си сега, скъпа моя?

"As wet as ever," said Alice in a melancholy tone

— Мокро както винаги — каза Алиса с меланхоличен тон

"this story doesn't seem to dry me at all"

"Тази история изобщо не ме изсушава"

"In that case," said the dodo solemnly, rising to its feet

— В такъв случай — каза тържествено додото и се изправи на крака

"I vote that the meeting be adjourned"
"Гласувам заседанието да бъде отложено"
"and I propose an immediate adoption of more energetic remedies"
"и предлагам незабавно приемане на по-енергични лекарства"
"Speak real words!" said the eaglet
— Говори истински думи! — каза орлетото
"I don't know the meaning of half of those long words"
"Не знам значението на половината от тези дълги думи"
"and, what's more, I don't believe you know either!"
— И нещо повече, не вярвам, че и ти знаеш!
"What I was going to say," said the dodo in an offended tone
— Какво щях да кажа — каза додо с обиден тон
"the best thing to get us dry would be a caucus-race"
"Най-доброто нещо, което да ни изсуши, би било надпревара"
"What is a caucus-race?" said Alice
— Какво е партийна надпревара? — попита Алиса

"Well," said the dodo, "the best way to explain it is to do it"

"Е", казал додо, "най-добрият начин да го обясня е да го направиш."

"First the dodo marked out a race-course"

"Първо додо очерта хиподрум"

"the track was in a sort of circle"

"Пистата беше в нещо като кръг"

"and then all the party were placed along the course"

"И тогава цялата група беше разположена по трасето"

There was no "One, two, three and away!"

Нямаше "Едно, две, три и далеч!"

but they began running when they liked

но те започнаха да бягат, когато пожелаят

and they also finished when they liked

и те също завършиха, когато пожелаха

so it was not easy to know when the race was over

така че не беше лесно да се разбере кога състезанието е приключило

after half an hour or so of running they were all quite dry

след около половин час бягане всички бяха доста сухи

the dodo suddenly called out, "The race is over!"

Додо изведнъж извика: "Състезанието свърши!"

and they all crowded around the dodo

и всички се тълпяха около додо

all the animals were panting and puffing

Всички животни се задъхваха и надуваха

and they all wanted to know, "But who has won?"

и всички искаха да знаят: "Но кой е спечелил?"

This question the dodo could not immediately answer

На този въпрос додото не можа да отговори веднага

first he had to do a great deal of thinking

Първо трябваше да помисли много

after much thinking, the dodo finally spoke

След дълго размишление додо най-накрая проговори

"Everybody has won, and all must have prizes"

"Всеки е спечелил и всеки трябва да има награди"

"But who is to give the prizes?" asked a chorus of voices

— Но кой ще даде наградите? — попита хор от гласове
"Well, she, of course," said the dodo
— Е, тя, разбира се — каза додо
and the dodo pointed with one finger to Alice
и додото посочи с един пръст към Алис
and the whole party of animals crowded around her
и цялата група животни се тълпяха около нея
they called out, in a confused way, "Prizes! Prizes!"
те извикаха объркано: "Награди! Награди!"
Alice had no idea what to do
Алиса нямаше представа какво да прави
in despair she put her hand into her pocket
В отчаяние тя пъхна ръка в джоба си
and she pulled out a box of sweets
и извади кутия със сладкиши
luckily the salt-water had not got into the box
За щастие солената вода не беше попаднала в кутията
and she handed the sweets around as prizes
и раздаде сладкишите като награди
There was exactly one piece for everyone
Имаше точно едно парче за всеки
The next thing they had to do was to eat the sweets
Следващото нещо, което трябваше да направят, беше да изядат сладкишите
this caused some noise and confusion
Това предизвика известен шум и объркване
the large birds complained that they could not taste their sweets
Големите птици се оплакваха, че не могат да вкусят сладкишите си
the small ones choked and had to be patted on the back
малките се задавиха и трябваше да бъдат потупвани по гърба
However, it was over at last
Най-накрая обаче всичко приключи
and they sat down again in a ring
И те отново седнаха на ринг

and they begged the mouse to tell them something more
и те помолиха мишката да им каже нещо повече
"You promised to tell me your history, you know," said Alice
— Обеща ми да ми разкажеш историята си, нали знаеш —
каза Алиса
and she made another little remark about cats in a whisper
и направи още една малка забележка за котките
шепнешком
she didn't want to offend the mouse again
Тя не искаше да обиди мишката отново
the little mouse turned to Alice and sighed
малката мишка се обърна към Алис и въздъхна
"Mine is a long and a sad tale!"
"Моята история е дълга и тъжна!"
"It is a long tail, certainly," said Alice
— Разбира се, това е дълга опашка — каза Алиса
and she looked down with wonder at the mouse's tail
и тя погледна с учудване опашката на мишката
"but why do you call it a sad tail?"
— Но защо го наричаш тъжна опашка?
**And she kept on puzzling about it while the mouse was
speaking**
И тя продължаваше да се озадачава, докато мишката
говореше
so that her idea of the tale was something like this
така че нейната идея за приказката беше нещо подобно

"Fury said to
a mouse, That
he met in the
house, 'Let
us both go
to law: I
will prosecute
you.—
Come, I'll
take no denial:
We must have
the trial;
For really
this morning
I've
nothing
to do.'
Said the
mouse to
the cur,
'Such a
trial, dear
sir, With
no jury
or judge,
would
be wasting
our
breath.'
'I'll be
judge,
I'll be
jury,'
said
cunning
old
Fury;
'I'll
try
the
whole
cause,
and
condemn
you to
death.'"

Fury said to a mouse, That he met in the house"
Яростта каза на една мишка, че се срещна в къщата."
Let us both go to law: I will prosecute you
Нека и двамата да се забърнем към съда: аз ще ви преследвам
Come, I'll take no denial: We must have the trial
Хайде, няма да отрека: Трябва да имаме съда.
For really this morning I've nothing to do
Защото наистина тази сутрин нямам какво да правя.
Said the mouse to the cur;
— каза мишката на курата;
Such a trial, dear sir, With no jury or judge, would be wasting our breath

Такъв процес, скъпи господине, без съдебни заседатели или съдия, би ни изпилял дъха

"I'll be judge, I'll be jury," said cunning old Fury

— Аз ще бъда съдия, ще бъда съдебен заседател — каза хитрият стар Фюри

I'll try the whole cause, and condemn you to death

Ще опитам цялата кауза и ще те осъдя на смърт.

the mouse spoke severely to Alice

мишката заговори строго на Алис

"You are not paying attention!"

— Не обръщаш внимание!

"What are you thinking of?"

— За какво мислиш?

"I beg your pardon," said Alice very humbly

— Моля за извинение — каза Алиса много смирено

"you had got to the fifth bend, I think?"

— Мисля, че сте стигнали до петия завой?

"You insult me by talking such nonsense!"

— Обиждаш ме, като говориш такива глупости!

and the mouse got up and walked away

Мишката стана и си тръгна

Alice called after the little mouse

Алиса извика след малката мишка

"Please come back and finish your story!"

"Моля, върнете се и довършете историята си!"

And the others all joined in chorus

И всички останали се присъединиха в хор

"Yes, please do finish your story!"

"Да, моля те, довърши историята си!"

But the mouse only shook its head impatiently

Но мишката само поклати глава нетърпеливо

and the little mouse walked a little quicker

и малката мишка вървеше малко по-бързо

"I wish I had Dinah, our cat, here!" said Alice

— Иска ми се да имах тук Дина, нашата котка! — каза Алиса

This caused a remarkable sensation among the party

Това предизвика забележителна сензация сред партията
Some of the birds hurried off at once
Някои от птиците веднага побързаха да си тръгнат
and a Canary called out in a trembling voice, to its children;
и едно канарче извика с треперещ глас на децата си;
"Come away, my dears!"
— Махай се, скъпи мои!
"It's high time you were all in bed!"
— Крайно време е всички да си легна!
with various excuses they all went away
С различни извинения всички си тръгнаха
and Alice was soon left alone
и скоро Алиса остана сама
"I wish I hadn't mentioned Dinah!"
— Иска ми се да не бях споменала Дина!
"Nobody seems to like her down here"
"Изглежда никой не я харесва тук"
"but I'm sure she's the best cat in the world!"
— Но съм сигурен, че тя е най-добрата котка на света!
Poor Alice began to cry again
Горката Алиса отново започна да плаче
because she felt very lonely and low-spirited
защото се чувстваше много самотна и потисната
In a little while, however, she again heard something
След малко обаче тя отново чу нещо
a little pattering of footsteps in the distance
малко тропане на стъпки в далечината
and she looked up eagerly
и тя вдигна нетърпеливо поглед

The rabbit sends in little Mr Bill
Заекът изпраща малкия г-н Бил

It was the white rabbit, trotting slowly back again

Това беше белият заек, който бавно се връщаше обратно

he was looking about anxiously as he went

Той се оглеждаше тревожно, докато вървеше

he looked as if he had lost something

изглеждаше така, сякаш беше загубил нещо

Alice heard him muttering to himself

Алиса го чу да мърмори на себе си

"The Duchess! The Duchess! Oh, my dear paws!"

— Херцогинята! Херцогинята! О, мили мои лапи!

"Oh, my fur and whiskers!"

— О, козината и мустаците ми!

"She'll get me executed, I'm sure of that"

"Тя ще ме екзекутира, сигурен съм в това"

"just as sure as ferrets are ferrets!"

"Също толкова сигурно, колкото поровете са порове!"

"Where can I have dropped my things, I wonder?"

— Чудя се къде съм изпуснал нещата си?
Alice guessed in a moment what he was looking for
Алиса се досети за миг какво търси
he was looking for the feather fan
Той търсеше ветрилото на перата
and he was looking for the pair of white gloves
и търсеше чифт бели ръкавици
so she very good-naturedly began looking for the gloves
Затова тя много добродушно започна да търси ръкавиците
and she looked for the feather fan too
и тя потърси ветрилото на перата
but the gloves and feather fan were nowhere to be seen
но ръкавиците и ветрилото от пера не се виждаха никъде
everything seemed to have changed since her swim in the pool
Всичко изглежда се е променило, откакто плува в басейна
nothing was the same since she had been in the great hall
нищо не беше същото, откакто беше в голямата зала
and the glass table had vanished
и стъклената маса беше изчезнала
and the little door wasn't there either
И малката врата също не беше там
Very soon the rabbit noticed Alice
Много скоро заекът забеляза Алис
he called to her in an angry tone
Той я извика с гневен тон
"Mary Ann, what are you doing out here?"
— Мери Ан, какво правиш тук?
"Run home this moment"
"Бягай вкъщи този момент"
"and fetch me a pair of gloves and a feather fan!"
— И ми донесете чифт ръкавици и ветрило от пера!
"and be quick about it!"
— И побързай!
Alice spoke to herself as she ran off
Алиса говори на себе си, докато бягаше
"He must have mistaken me for his housemaid!"

— Сигурно ме е сбъркал с прислужницата си!
"How surprised he'll be when he finds out who I am!"
"Колко изненадан ще бъде, когато разбере кой съм!"
As she said this, she came upon a neat little house
Като каза това, тя се натъкна на спретната малка къща
on the door of the house was a bright brass plate
На вратата на къщата имаше ярка месингова плоча
"W. RABBIT"
"У. ЗАЕК"
She went in without knocking on the door
Тя влезе, без да почука на вратата.
and she hurried straight upstairs
И тя забърза направо горе
she worried that she might meet the real Mary Ann
тя се притесняваше, че може да срещне истинската Мери Ан
because then she would be turned out of the house
защото тогава тя щеше да бъде изгонена от къщата
and she wouldn't be able to find the feather fan and gloves
и нямаше да може да намери ветрилото с пера и ръкавиците
Alice had found her way into a tidy little room
Алиса беше намерила пътя си в подредена малка стая
in the room was a table by the window
В стаята имаше маса до прозореца
and on the table was a feather fan
а на масата имаше ветрило от пера
and there were two or three pairs of tiny white gloves
и имаше два-три чифта малки бели ръкавици
she picked up the feather fan and a pair of the gloves
Тя вдигна ветрилото с пера и чифт ръкавици
and she was just about to leave the room
и тъкмо се канеше да излезе от стаята
but then her eyes fell upon a little bottle
но тогава погледът й падна на малко шишенце
She uncorked the bottle and put it to her lips
Тя отпуши бутилката и я постави до устните си

"I do hope it'll make me grow large again"

"Надявам се, че това ще ме накара да стана голяма отново"

"I'm tired of being such a tiny little thing!"

"Омръзна ми да бъда толкова малко нещо!"

Alice had hardly drunk half the bottle

Алиса едва беше изпила половината бутилка

her head was already pressing against the ceiling

главата й вече се притискаше към тавана

and she had to stoop down

и трябваше да се наведе

to save her neck from being broken

за да спаси врата си от счупване.

She hastily put down the bottle

Тя бързо остави бутилката

"That's quite enough"

"Това е напълно достатъчно"

"I hope I don't grow anymore"

"Надявам се да не растя повече"

Alas! It was too late to wish that!

Уви! Беше твърде късно да си пожелаем това!

She went on growing and growing

Тя продължаваше да расте и да расте

and very soon she had to kneel down on the floor

и много скоро трябваше да коленичи на пода

and even then she went on growing

и дори тогава тя продължи да расте

as a last resource she put one arm out of the window

Като последен ресурс тя извади едната си ръка през прозореца

and she put one foot up the chimney

и тя вдигна единия крак в комина

"Now I can do no more, whatever happens"

"Сега не мога да направя повече, каквото и да се случи"

"What will become of me?"

— Какво ще стане с мен?

Alice had a spot of luck
Алис имаше късмет
the little magic bottle had had its full effect
Малкото вълшебно шишенце имаше пълния си ефект
and Alice grew no larger than she was
и Алиса не стана по-голяма, отколкото беше
After a few minutes she heard a voice outside
След няколко минути тя чу глас отвън
and she stopped to listen to the voice
и тя спря да се вслуша в гласа
"Mary Ann! Mary Ann!" said the voice
— Мери Ан! Мери Ан! — каза гласът
"Fetch me my gloves this moment!"
- Донеси ми ръкавиците ми този момент!
Then came a little pattering of feet on the stairs
След това дойде леко тропане на крака по стълбите
Alice knew it was the rabbit coming to look for her
Алиса знаеше, че заекът идва да я търси
and she trembled till she shook the house

и тя трепереше, докато разтърси къщата
she quite forgot what her proportions were
Тя съвсем забрави какви са пропорциите й
she was a thousand times as large as the rabbit
Тя беше хиляда пъти по-голяма от заека
and she had no reason to be afraid of a rabbit
и нямаше причина да се страхува от заек
Presently the rabbit came up to the door
Скоро заекът се приближи до вратата
and the little rabbit tried to open the door
и малкото зайче се опита да отвори вратата
the door started to open inwards
вратата започна да се отваря навътре
but Alice's elbow was pressed hard against the door
но лакътят на Алис беше силно притиснат към вратата
that attempt proved a failure
Този опит се оказва неуспешен
Alice heard the rabbit speak to himself
Алиса чу заека да говори сам на себе си
"Then I'll go around and get in through the window"
"Тогава ще отида и ще вляза през прозореца"
"That you won't!" thought Alice
— Че няма да го направиш! — помисли си Алиса
and she waited a little again
и тя отново изчака малко
soon she heard the rabbit just under the window
Скоро тя чу заека точно под прозореца
she suddenly spread out her hand
Тя изведнъж протегна ръка
and she made a snatch in the air
И тя се измъкна във въздуха.
She did not get hold of anything
Тя не се сдоби с нищо
but she heard a little shriek and a fall
но чу лек писък и падане
and she heard a crash of broken glass
и чу трясък на счупено стъкло

perhaps the rabbit had fallen

Може би заекът е паднал

maybe he was in a green-house

може би е бил в оранжерия

Next came an angry voice; the rabbit's voice

След това се чу ядосан глас; Гласът на заека

"Pat, where are you?"

— Пат, къде си?

And then came a voice she had never heard before

И тогава дойде глас, който никога преди не беше чувала

"your honour, I'm here!"

— Ваша чест, тук съм!

"I'm digging for apples"

"Копая за ябълки"

"Here! Come and help me out of this!"

— Тук! Ела и ми помогни да се измъкна от това!"

"Now tell me, Pat, what's that in the window?"

— А сега ми кажи, Пат, какво има това на прозореца?

"Sure, your honour, I will tell you"

"Разбира се, ваша чест, ще ви кажа"

"it's an arm that's in the window!"

"Това е ръка, която е в прозореца!"

"Well, an arm has no business there"

"Е, ръката няма работа там"

"go and take the arm away!"

— Иди и махни ръката!

There was a long silence after this

След това настъпи дълго мълчание

and Alice could only hear whispers now and then

а Алиса можеше да чува само шепот от време на време

and at last she spread out her hand again

и накрая отново протегна ръка

and she made another snatch in the air

И тя направи още едно изтръгване във въздуха

This time there were two little shrieks

Този път се чуха два малки писъка

and there was more sounds of broken glass

и се чуваха още звуци от счупено стъкло

"I wonder what they'll do next!" thought Alice

"Чудя се какво ще правят след това!" помисли си Алиса

"I wish they would pull me out the window"

"Иска ми се да ме издърпат през прозореца"

She waited for some time

Тя изчака известно време

but for a while she didn't hear anything more

но известно време тя не чуваше нищо повече

At last came a rumbling of little wheels

Най-накрая се чу тътен на малки колела

and there came the sound of a good many voices

И се чу звук на много гласове

all the voices were talking together

Всички гласове говореха заедно.

She could make out some of the words

Тя можеше да различи някои от думите

"Where's the other ladder?"

— Къде е другата стълба?

"Bill's got the other ladder"

"Бил има другата стълба"

"Bill, come here!"

— Бил, ела тук!

"Will the roof bear the load?"

"Покривът ще понесе ли товара?"

"Who wants to go down the chimney?"

— Кой иска да слезе по комина?

"Nay, I shall not! You do it!"

— Не, няма да го направя! Направете го!"

"Here, Bill!"

— Ето, Бил!

"The master says you've got to go down the chimney!"

— Господарят казва, че трябва да слезеш по комина!

Alice drew her foot as far down the chimney as she could

Алиса дръпна крака си колкото се може по-надолу по комина

and then she waited to see what was coming

и след това зачака да види какво предстои
she heard a little animal scratching and scrambling
Чу малко животно да се драска и да се катери
the little animal must be in the chimney
малкото животно трябва да е в комина
then she gave one sharp kick
След това нанесе един остър ритник
and she waited to see what would happen next
и тя чакаше да види какво ще се случи след това
she heard a general chorus of voices
тя чу общ хор от гласове
"There goes Bill!" they all said
— Ето го Бил! — казаха всички
then she heard the rabbit's voice alone
Тогава тя чу гласа на заека сама
"You by the hedge, catch him!"
— Ти до живия плет, хвани го!
there was another moment of silence
Настъпи още един миг мълчание
and then there was another confusion of voices
и след това настъпи ново объркване на гласовете
"Hold up his head, Brandy"
- Вдигни главата му, Бренди.
"be careful not to choke him"
"Внимавайте да не го удушите"
"What happened to you?"
— Какво се случи с теб?
Last came a little feeble, squeaking voice
Накрая се чу слаб, писклив глас
"Well, I hardly know no more"
"Е, почти не знам повече"
"thank you all, I'm better now"
"Благодаря на всички, сега съм по-добре"
"there is one thing I can remember"
"Има едно нещо, което мога да си спомня"
"something comes at me like a train in a tunnel"
"Нещо идва при мен като влак в тунел"

"and up I fly like a sky-rocket!"

— И летя като небесна ракета!

there was a minute or two of silence

Настъпи минута или две мълчание

and then they began moving about again

и след това отново започнаха да се движат

and Alice heard the Rabbit speak again

и Алиса чу Заека да говори отново

"A barrowful will do, to begin with"

"Като начало ще свърши работа"

"A barrowful of what?" thought Alice

"От какво?" — помисли си Алиса

But she was not kept in suspense for long

Но тя не беше държана дълго в напрежение

a shower of little pebbles came through the window

През прозореца се стичаше дъжд от малки камъчета

and some of the little pebbles hit her in the face

и някои от малките камъчета я удариха в лицето

Alice was surprised about the little pebbles

Алиса беше изненадана от малките камъчета

all the little pebbles were turning into cakes

всички малки камъчета се превръщаха в сладкиши

and a bright idea came into her head

и в главата й хрумна светла идея

"I should eat one of these cakes"

"Трябва да изям една от тези торти"

"cake is sure to make some change in my size"

"Тортата със сигурност ще промени размера ми"

So she swallowed one of the cakes

Така че тя погълна една от тортите

and she was delighted to find that she began shrinking

и с радост установи, че започва да се свива

soon she was small enough to get through the door

Скоро тя беше достатъчно малка, за да влезе през вратата

she ran out of the house

Тя избяга от къщата

a crowd of little animals and birds were waiting outside

тълпа от малки животни и птици чакаха отвън
all the little birds and animals rushed at Alice
всички малки птички и животни се втурнаха към Алиса
but she ran off as fast as she could
Но тя избяга възможно най-бързо
and soon she found herself safe in a thick wood
и скоро се озова в безопасност в гъста гора
Alice wandered about in the woods
Алиса се скиташе из гората
and she thought to herself:
и си помисли:
"I know what I have to do first"
"Знам какво трябва да направя първо"
"first I have to grow to my right size again"
"Първо трябва да порасна отново до правилния си размер"
"and then I have to find my way into that lovely garden"
"И тогава трябва да намеря пътя си към тази прекрасна
градина"
"I suppose I ought to eat or drink something or other"
— Предполагам, че трябва да ям или да пия нещо или
друго.
"but the question is what should I eat or drink?"
"Но въпросът е какво да ям или пия?"
Alice looked all around her at the flowers
Алиса се огледа наоколо към цветята
and she looked through the blades of grass
и тя погледна през стръкчетата трева
but she could not see anything to eat or drink
но не виждаше нищо за ядене или пиене
nothing looked like the right thing to eat or drink
нищо не приличаше на правилното нещо за ядене или
пиене
There was a large mushroom growing near her
Близо до нея растеше голяма гъба
the mushroom was about the same height as Alice
гъбата беше приблизително същата височина като Алиса
She stretched herself up on tiptoes

Тя се протегна на пръсти
and she peeped over the edge of the mushroom
и надникна през ръба на гъбата
her eyes immediately met the eyes of a large blue caterpillar
Очите й веднага срещнаха очите на голяма синя гъсеница
the caterpillar was sitting on the top of the mushroom
гъсеницата седеше на върха на гъбата
and the caterpillar had crossed all his arms
и гъсеницата беше кръстосала всичките му ръце
and he was quietly smoking a long hookah
и тихо пушеше дълго наргиле
and he took not the smallest notice of anything
и не обърна ни най-малко внимание на нищо
and he certainly didn't pay attention to Alice
и със сигурност не обърна внимание на Алис

Advice from a caterpillar
Съвет от гъсеница

At last the caterpillar took the hookah out of its mouth
Най-накрая гъсеницата извади наргилето от устата си
and he addressed Alice in a languid, sleepy voice
и се обърна към Алис с вял, сънлив глас
"Who are you?" said the caterpillar
— Коя си ти? — попита гъсеницата

Alice replied, rather shyly, "I hardly know, sir"
Алиса отговори доста срамежливо: — Едва ли знам, сър.
"just at the moment it's all a bit..."
"Точно в момента всичко е малко..."
"I know who I was when I got up this morning""
"Знам коя бях, когато станах тази сутрин."
"but I think I must have changed several times since then"
— Но мисля, че оттогава трябва да съм се променила
няколко пъти.

"What do you mean by that?" said the caterpillar
— Какво искаш да кажеш с това? — попита гъсеницата
sternly the caterpillar asked her to explain herself
Строго гъсеницата я помоли да се обясни
"I can't explain myself, I'm afraid, sir," said Alice
— Страхувам се, че не мога да си обясня, сър — каза Алиса
"because I'm not myself"
"защото не съм себе си"
"you see, being so many different sizes in a day is very confusing"
"Виждате ли, да бъдеш толкова много различни размери на ден е много объркващо"
She pulled herself up and said very gravely:
Тя се изправи и каза много сериозно:
"I think you ought to tell me who you are, first"
— Мисля, че първо трябва да ми кажеш кой си.
"Why?" said the caterpillar
— Защо? — каза гъсеницата
Alice could not think of any good reason
Алиса не можеше да измисли никаква основателна причина
and the caterpillar seemed to be in a very unpleasant state of mind
и гъсеницата изглеждаше в много неприятно състояние на духа
so she turned away
Затова тя се извърна.
"Come back!" the caterpillar called after her
- Върни се! - извика след нея гъсеницата
"I've something important to say!"
— Имам да кажа нещо важно!
Alice turned and came back again
Алиса се обърна и се върна отново
"Keep your temper," said the caterpillar
— Запази самообладание — каза гъсеницата
"Is that all?" said Alice
— Това ли е всичко? — попита Алиса

and she swallowed her anger as well as she could
и тя преглътна гнева си, доколкото можеше
"No," said the caterpillar
— Не — каза гъсеницата
the caterpillar unfolded its arms
гъсеницата разгърна ръцете си
and he took the hookah out of his mouth again
и отново извади наргилето от устата си
and he said, "So you think you're changed, do you?"
и той каза: "Значи мислиш, че си се променил, нали?"
"I'm afraid, I am changed, sir," said Alice
— Страхувам се, че съм се променила, сър — каза Алиса
"I can't remember things as I used to remember them"
"Не мога да си спомня нещата, както ги помнех"
"and I don't stay the same size for more than ten minutes!"
— И не оставам със същия размер повече от десет минути!
"What size do you want to be?" asked the caterpillar
- Какъв размер искаш да бъдеш? - попита гъсеницата
"Oh, I don't particularly mind what size I am," Alice hastily replied
— О, не ме интересува особено какъв размер съм — припряно отговори Алиса
"I just don't like changing size so often, you know"
"Просто не обичам да променям размера толкова често, нали знаеш"
"I would like to be a little larger, sir"
— Бих искал да бъда малко по-голям, сър.
"if you wouldn't mind," added Alice
— Ако нямате нищо против — добави Алиса
"Ten centimetres is such a wretched height to be"
"Десет сантиметра е толкова жалка височина, за да бъдеш"
"It is a very good height indeed!" said the caterpillar angrily
— Наистина е много добра височина! — каза ядосано гъсеницата
and he reared itself upright as he spoke
и той се изправи, докато говореше
he was exactly ten centimetres high

Той беше точно десет сантиметра висок

In a minute or two, the caterpillar got down off the mushroom

След минута-две гъсеницата слезе от гъбата

and he crawled away into the grass

и той изпълзя в тревата

as he went away, he made some little remarks

Докато си тръгваше, той направи няколко малки забележки

"One side will make you grow taller"

"Едната страна ще те накара да станеш по-висок"

"and the other side will make you grow shorter"

"А другата страна ще те накара да станеш по-нисък"

"One side of what?" thought Alice to herself

"От едната страна на какво?" помисли си Алиса

"The other side of what?"

— Другата страна на какво?

"the side of the mushroom," said the caterpillar

— Страната на гъбата — каза гъсеницата

it was as if she had asked her question aloud

сякаш беше задала въпроса си на глас

and in another moment, he was out of sight

и в друг миг той изчезна от погледа

Alice remained looking thoughtfully at the mushroom

Алиса продължи да гледа замислено гъбата

she was trying to make out which were the two sides of the mushroom

Тя се опитваше да разбере кои са двете страни на гъбата

At last she stretched her arms around the mushroom

Най-накрая тя протегна ръце около гъбата

and she broke off a bit of the edges

И тя счупи малко от краищата

"And now, which side is which?" she said to herself

"А сега коя страна е?" попита си тя

and she nibbled a little of the right-hand bit

и тя захапа малко от дясната част

The next moment she felt a violent blow underneath her

chin

В следващия миг почувства силен удар под брадичката си

her chin had struck her foot!

брадичката й беше ударила крака!

She was a good deal frightened by this very sudden change

Тя беше много уплашена от тази много внезапна промяна

she was shrinking very rapidly

Тя се свиваше много бързо

so she quickly ate some of the other bit of mushroom

така че тя бързо изяде част от другото парче гъба

Her chin was pressed very closely against her foot

Брадичката й беше притисната много плътно към крака

there was hardly room to open her mouth

нямаше място да отвори устата си

but she did at last manage to open her mouth

но най-накрая успя да отвори устата си

and she swallowed a morsel of the left-hand bit

и тя преглътна парченец от лявата ръка

"my head's been freed at last!" said Alice

— Най-сетне главата ми е освободена! — каза Алиса

she looked down at herself

Тя погледна надолу към себе си

but all she could see was an immense length of neck

но всичко, което можеше да види, беше огромна дължина на врата

her neck seemed to rise like a stalk

вратът й сякаш се издигаше като стъбло

and she looked down over a sea of green leaves

И тя погледна надолу към морето от зелени листа

"Where have my shoulders gotten to?"

— Къде са стигнали раменете ми?

"And oh, my poor hands, how is it I can't see you?"

— И о, бедни мои ръце, как така не мога да те видя?

but her neck did have one benefit

Но вратът й имаше едно предимство

she could move her head in any direction

можеше да движи главата си във всяка посока

in fact, she was just like a serpent
Всъщност тя беше като змия
she gracefully zigzagged her head down
Тя грациозно наведе глава на зигзаг
and she moved her head through the trees
И тя движеше глава между дърветата
but then she heard a sharp hiss
но след това чу рязко съскане
and she quickly pulled her head back
и бързо отдръпна глава назад
a large pigeon had flown into her face
Голям гълъб летеше в лицето й
and the pigeon was violently with its wings
и гълъбът беше яростно с крилете си

"Serpent!" cried the pigeon
— Змия! — извика гълъбът
"I'm not a serpent!" said Alice indignantly
— Аз не съм змия! — каза възмутено Алиса

"Leave me alone!"

— Остави ме на мира!

"I've tried the roots of trees"

"Опитах корените на дърветата"

"and I've tried hedges," the pigeon went on

— И аз съм опитвал жив плет — продължи гълъбът

"but those serpents! There's no pleasing them!"

— Но тези змии! Няма как да им угодите!"

Alice was more and more puzzled

Алиса беше все по-озадачена

"As if it wasn't trouble enough hatching the eggs," said the pigeon

— Сякаш не е достатъчно трудно да излюпвам яйцата — каза гълъбът

"by night and day I must look out for serpents too!"

— Денем и нощем трябва да се грижа за змии!

"I had just found the highest tree in the forest"

"Току-що бях намерил най-високото дърво в гората"

"surely I'd be free from serpents here?"

— Със сигурност щях да бъда свободен от змии тук?

"and out comes a serpent from the sky!"

— И от небето излиза змия!

"But I'm not a serpent, I tell you!" said Alice

— Но аз не съм змия, казвам ти! — каза Алиса

"I'm a... I'm a... I'm a little girl," she added rather doubtfully

"Аз съм... Аз съм... Аз съм малко момиченце — добави тя доста съмнително

she had after all been going through a lot of changes

В края на краищата тя беше преживяла много промени

"You're looking for eggs," said the pigeon

— Ти търсиш яйца — каза гълъбът

"I know that for a fact"

"Знам това със сигурност"

"and what does it matter if you're a little girl or a serpent?"

— И какво значение има дали си малко момиченце или змия?

"It matters a good deal to me," said Alice hastily

— Това е много важно за мен — каза Алиса припряно
"but I'm not looking for eggs, as it happens"
"но аз не търся яйца, както се случва"
"and I wouldn't want your eggs anyway"
— И така или иначе не бих искал твоите яйца.
"I don't like my eggs raw"
"Не обичам яйцата си сурови"
"Well, be off then!" said the pigeon in a sulky tone
— Е, тръгвай тогава! — каза гълъбът с намръщен тон
and the pigeon settled down again into its nest
и гълъбът се настани отново в гнездото си
Alice crouched down among the trees as well as she could
Алиса приклекна между дърветата, доколкото можеше
her neck kept getting entangled among the branches
вратът ѝ продължаваше да се заплита между клоните
every now and then she had to stop and untwist her neck
От време на време трябваше да спира и да развърта врата
си
After awhile she remembered the mushroom
След известно време си спомни за гъбата
she still held the pieces of mushroom in her hands
Тя все още държеше парчетата гъби в ръцете си
and she set to work very carefully
и тя се зае да работи много внимателно
first she nibbled at one piece
Първо тя захапа едно парче
and then she nibbled at the other piece
и след това тя захапа другото парче
sometimes she grew taller
понякога тя ставаше по-висока
and sometimes she grew shorter
и понякога ставаше по-ниска
but finally she achieved her usual height
но накрая тя достигна обичайната си височина
she hadn't been her own height for some time
От известно време не беше на собствения си ръст
so everything felt strange for a while

Така че всичко се чувстваше странно за известно време
"The next thing to do is to get into that beautiful garden"
"Следващото нещо, което трябва да направите, е да влезете
в тази красива градина"
"how is that to be done, I wonder?"
— Чудя се как да стане това?
As she said this, she came upon an open place
Като каза това, тя се натъкна на открито място
there was a little house, a bit higher than a metre
Имаше малка къщичка, малко по-висока от метър
"I wonder who lives in this little house"
"Чудя се кой живее в тази малка къща"
"I certainly can't go in as big as I am"
"Със сигурност не мога да вляза толкова голям, колкото
съм"
"I would frighten them terribly!"
— Бих ги изплашил ужасно!
so she nibbled at the little mushroom again
Затова тя отново захапа малката гъба
and soon she brought herself down thirty centimetres
и скоро тя се свлече с трийсет сантиметра

A pig and some pepper
Прасе и малко черен пипер

For a minute or two she stood looking at the house
Минута-две тя стоеше и гледаше къщата
suddenly a footman came running out of the woods
Изведнъж един лакей изтича от гората
he was wearing a special livery uniform
Той беше облечен в специална униформа
judging by his face only, she would have called him a fish
съдейки само по лицето му, тя щеше да го нарече риба
and he rapped loudly at the door with his knuckles
и той почука силно по вратата с кокалчетата на пръстите си
the door was opened by another footman
вратата беше отворена от друг лакей
this footman too was wearing a special livery
Този лакей също носеше специална ливрея
this footman had a round face and large eyes like a frog
Този лакей имаше кръгло лице и големи очи като на жаба

The footman that looked like a fish initiated the ceremony
Лакеят, който приличаше на риба, започна церемонията
he pulled out something from under his arm
Той извади нещо изпод мишницата си
and he pulled out from under his arm an envelope
и извади изпод мишницата си плик
and this envelope he handed over to the other footman
и този плик той предаде на другия лакей
in a ceremonious tone he told him the orders
С церемониален тон той му каза заповедите
"This message is for the Duchess"
"Това съобщение е за херцогинята"
"An invitation from the queen to play croquet"
"Покана от кралицата да играе крокет"
The footman that looked like a frog repeated the order
Лакеят, който приличаше на жаба, повтори заповедта
"from the queen"
"От кралицата"
"an invitation"
"Покана"
"for the Duchess"
"за херцогинята"
"playing croquet"
"Игра на крокет"
Then they both bowed low
След това и двамата се поклониха ниско
and the curls in their wigs got entangled together
и къдриците на перуките им се заплитаха
soon the footman that looked like a fish was gone
Скоро лакеят, който приличаше на риба, изчезна
but the footman that looked like a frog was still there
но лакеят, който приличаше на жаба, все още беше там
he was sitting on the ground near the door
той седеше на земята близо до вратата
he was staring stupidly up into the sky
Той се взираше глупаво в небето
Alice went timidly up to the door and knocked

Алиса плахо се приближи до вратата и почука

"There's no use in knocking," said the footman

— Няма смисъл да чукаме — каза лакеят

"and that is for two reasons"

"И това е по две причини"

"First, because I'm on the same side of the door as you are"

— Първо, защото съм от същата страна на вратата като теб.

"secondly, because they're making so much noise inside"

"Второ, защото вдигат толкова много шум вътре"

"no one could possibly hear you"

"Никой не може да те чуе"

And there certainly was a most extraordinary noise going on within

И със сигурност вътре се носеше необикновен шум

a constant howling and sneezing

постоянно виене и кихане

and every now and then a sound of great crashing

и от време на време звук на силен трясък

as if a dish or kettle had been broken to pieces

сякаш чиния или чайник са били счупени на парчета

"How am I to get in?" asked Alice

— Как да вляза? — попита Алиса

"Should you get in at all?" said the footman

— Трябва ли изобщо да влезеш? — попита лакеят

"That's the first question, you know"

"Това е първият въпрос, нали знаеш"

Alice opened the door and went in

Алиса отвори вратата и влезе

The door led right into a large kitchen

Вратата водеше право към голяма кухня

the kitchen was full of smoke from one end to the other

Кухнята беше пълна с дим от единия до другия край

in the middle of the kitchen was the Duchess

в средата на кухнята беше херцогинята

she was sitting on a three-legged stool

Тя седеше на трикрака табуретка

and she was nursing a baby

и кърмеше бебе

the cook was leaning over the fire

готвачът се беше навел над огъня

he was stirring a large caldron

Той разбъркваше голям котел

and the caldron seemed to be full of soup

и котелът изглеждаше пълен със супа

"There's certainly too much pepper in that soup!" Alice said to herself

"Със сигурност има твърде много черен пипер в тази супа!" - каза си Алиса

she said it as best she could without sneezing

Каза го колкото можеше, без да киха

Even the Duchess sneezed occasionally

Дори херцогинята кихаше от време на време

but the baby's actions were the most noteworthy

Но действията на бебето бяха най-забележителни

the baby was sneezing and howling alternately

бебето кихаше и виеше последователно

there was not a moment's pause between howling and sneezing

нямаше нито миг пауза между виенето и кихането

There were two creatures in the kitchen that did not sneeze

В кухнята имаше две същества, които не кихаха

the cook was too busy to sneeze

готвачът беше твърде зает, за да киха

and the large cat did not seem to mind the pepper

и голямата котка изглежда нямаше нищо против пипера

instead, the large cat was grinning from ear to ear

Вместо това голямата котка се усмихваше от ухо до ухо

"Please would you tell me," said Alice, a little timidly

— Моля те, кажи ли ми — каза Алиса малко плахо

"why is your cat grinning like that?"

— Защо котката ти се усмихва така?

"It's a Cheshire-Cat," said the Duchess

— Това е чеширска котка — каза херцогинята

"and that's why he's grinning from ear to ear"
"И затова се усмихва от ухо до ухо"
"I didn't know that a Cheshire-Cat always grinned"
"Не знаех, че Чеширската котка винаги се усмихва"
"in fact, I didn't know that cats could grin," said Alice
— Всъщност не знаех, че котките могат да се усмихват —
каза Алис
"there is much you don't know," said the Duchess
— Има много неща, които не знаете — каза херцогинята
"there is much you don't know and that's a fact"
"Има много неща, които не знаете и това е факт"
Just then the cook took the caldron of soup off the fire
Точно тогава готвачът свали котела със супа от огъня
and at once she started throwing everything within her reach
и веднага започна да хвърля всичко, което й беше на една
ръка разстояние
she threw everything she could at the Duchess and the babe
хвърли всичко, което можеше по херцогинята и бебето
first she threw the fire-irons
Първо хвърли огнените железа
then she threw a handful of saucepans
След това хвърли шепа тенджери
and finally she threw the plates and dishes
и накрая хвърли чиниите и чиниите
The Duchess took no notice of her
Херцогинята не я забеляза
even when she was hit by a plate she did not worry
дори когато беше ударена от чиния, тя не се притесняваше
the baby was already howling so much
бебето вече виеше толкова много
so it was impossible to say whether the blows hurt the baby
or not
така че беше невъзможно да се каже дали ударите са
наранили бебето или не
"Oh, please mind what you're doing!" cried Alice
— О, моля те, внимавай какво правиш! — извика Алиса
and she jumped up and down in an agony of terror

и тя подскачаше нагоре-надолу в агония от ужас
the Duchess offered Alice the baby
херцогинята предложи на Алис бебето
"Here! You may nurse the baby a bit, if you like!"
— Тук! Можеш да кърмиш малко, ако искаш!
and she flung the baby at her as she spoke
и тя хвърли бебето към себе си, докато говореше.
"I must go and get ready to play croquet with the queen"
"Трябва да отида и да се приготвя да играя крокет с
кралицата"
and she hurried out of the room
и тя побърза да излезе от стаята
Alice caught the baby with some difficulty
Алис хвана бебето с известна трудност
because it was a very odd-shaped little creature
защото беше малко създание с много странна форма
and the baby held out its arms and legs in all directions
и бебето протегна ръце и крака във всички посоки
"I better take this child away with me," thought Alice
"По-добре да взема това дете със себе си", помисли си
Алиса
"they're sure to kill this baby in a day or two"
"Те със сигурност ще убият това бебе след ден-два"
"Wouldn't it be murder to leave this baby behind?"
"Няма ли да е убийство да оставиш това бебе?"
She said the last words out loud
Тя каза последните думи на глас
and the little thing grunted in reply
и малкото същество изсумтя в отговор
"you best not turn into a pig, my dear," said Alice
— По-добре не се превръщай в прасе, скъпа моя — каза
Алиса
"or else I'll have nothing more to do with you"
— Иначе няма да имам нищо общо с теб.
Alice was just beginning to think to herself:
Алиса тъкмо започваше да си мисли:
"Now, what am I to do with this creature, when I get it

home?"
— Сега, какво да правя с това същество, когато го прибера у дома?
but then the little creature grunted a little violently
Но тогава малкото същество изсумтя леко силно
and Alice looked down into its face in some alarm
и Алиса го погледна в лицето с някаква тревога
This time there could be no mistake about it
Този път не можеше да има грешка в това
it was neither more nor less than a pig
беше нито повече, нито по-малко от прасе
so she set the little creature down
Затова тя остави малкото същество долу
and the little creature trot away quietly into the wood
и малкото същество тихо се отдалечи в гората
Alice felt quite relieved to see the creature go
Алиса почувства голямо облекчение, когато видя съществото да си отива
Alice was a little startled by seeing the Cheshire-Cat
Алиса беше малко стресната, когато видя Чеширския котарак
it was sitting on a bough of a tree a few yards off
Седеше на клон на дърво на няколко метра от него
The cat only grinned when it saw her
Котката се усмихна само когато я видя
"Cheshire-cat," began Alice, rather timidly
— Чеширска котка — започна Алиса доста плахо
"would you please tell me which way I ought to go from here?"
— Бихте ли ми казали накъде да тръгна оттук?
"In that direction," the cat said
— В тази посока — каза котката
and it waved the right paw around
и размаха дясната лапа наоколо
"In that direction lives a maker of hats"
"В тази посока живее производител на шапки"
and then the cat waved its other paw

и тогава котката размаха другата си лапа
"and in that direction lives a march hare"
"И в тази посока живее мартенски заек"
"Visit either you like; they're both mad"
— Посетете каквото искате; и двамата са луди"
"But I don't want to go among mad people," Alice remarked
— Но не искам да ходя сред луди хора — отбеляза Алиса
"Oh, you can't help that," said the Cat
— О, не можеш да се сдържиш — каза Котката
"we're all mad here"
"Всички сме луди тук"
"are you playing croquet with the queen today?"
— Днес ли играеш крокет с кралицата?
"I would like to very much," said Alice
— Много ми се иска — каза Алиса
"but I haven't been invited yet"
"но все още не съм поканен"
"You'll see me there," said the Cat
— Ще ме видите там — каза Котката
and from one moment to the next the cat vanished
и от един момент на миг котката изчезваше.
soon Alice got in sight of the house of the march hare
скоро Алиса видя къщата на маршовния заек
this was a very large house
Това беше много голяма къща
so Alice did not want to go near the house
така че Алиса не искаше да се приближава до къщата
first she had to nibble some more of the left side bit of mushroom
Първо трябваше да отхапе още малко от лявата страна на гъбата

a mad tea-party
Лудо чаено парти

In front of the house there was a tree
Пред къщата имаше дърво
and under the tree there was a table
а под дървото имаше маса
and the table was set with all sorts of cutlery
а масата беше подредена с всякакви прибори за хранене
the march hare and the hat maker were at the table
Мартенският заек и майсторът на шапки бяха на масата
and together they were having tea
и заедно пиеха чай
a dormouse was sitting between them
между тях седеше сънлива мишка
and the dormouse was fast asleep
а сънливостта спеше дълбоко
The table was of extraordinary size
Масата беше с изключителни размери
but most of the table was unoccupied
но по-голямата част от масата беше незаета
they sat crowded together at one corner of the table
Те седяха скупчени заедно в единия ъгъл на масата
and yet they made excuses when they saw Alice
и въпреки това те се оправдаваха, когато видяха Алиса
"No room! No room!" they cried out
— Няма място! Няма място! - извикаха те
"There's plenty of room!" said Alice indignantly
— Има достатъчно място! — каза възмутено Алиса
at one end of the table there was a large arm-chair
В единия край на масата имаше голямо кресло
and Alice sat herself in the armchair
а Алиса седна в креслото
the hat maker opened his eyes very wide
Производителят на шапки отвори очи много широко
he couldn't believe what he was seeing
Не можеше да повярва на това, което виждаше
but his mind was curious about other things

но умът му беше любопитен за други неща
"Why is a raven like a writing-desk?"
— Защо гарванът прилича на писалището?
Alice was open to the challenge
Алис беше отворена за предизвикателството
"I'm glad they've begun asking riddles"
"Радвам се, че започнаха да си задават гатанки"
"I believe I can guess that," she added aloud
— Мисля, че мога да позная това — добави тя на глас
The march hare grew curious about Alice
Маршируващият заек се заинтересува от Алиса
"Do you really think you can find the answer?"
— Наистина ли мислиш, че можеш да намериш отговора?
"I think I can find the answer indeed," said Alice
— Мисля, че наистина мога да намеря отговора — каза
Алиса
**"Then you should say what you mean," the march hare went
on**
— Тогава трябва да кажеш това, което имаш предвид —
продължи маршируващият заек
"I do say what I mean," Alice hastily replied
— Казвам това, което имам предвид — припряно отвърна
Алиса
"at the very least I mean what I say"
"Най-малкото имам предвид това, което казвам"
"that's the same thing, you know"
"Това е същото, нали знаеш"
the dormouse also contributed to the conversation
Сънливостта също допринесе за разговора
but the dormouse seemed to be talking in its sleep
но сънливостта сякаш говореше в съня си
"I breathe when I sleep"
"Дишам, когато спя"
"I sleep when I breathe!"
"Спя, когато дишам!"
"you might as well say they are the same too"
"Може да се каже, че и те са еднакви"

"It is the same thing with you," said the hat maker
— Същото е и с теб — каза производителят на шапки
and he poured a little tea on the dormouse's nose
и изля малко чай в носа на сънливостта
The Dormouse shook its head impatiently
Сънливата поклати глава нетърпеливо
and again the dormouse spoke, without opening its eyes
и отново заговори, без да отваря очи
"Of course, of course it is the same"
"Разбира се, разбира се, че е същото"
"that's just what I was going to say myself"
"Точно това щях да кажа"

The hat maker turned to Alice and asked another question
Производителят на шапки се обърна към Алис и зададе
друг въпрос
"Have you guessed the riddle yet?"
— Познахте ли вече загадката?
"No, I give up," Alice conceded
— Не, отказвам се — призна Алис

"What's the answer?" she wanted to know

— Какъв е отговорът? — искаше да знае тя

"I haven't the slightest idea," said the hat maker

— Нямам ни най-малка представа — каза производителят на шапки

"Nor do I know," said the march hare

— Нито знам — каза маршовният заек

Alice gave a weary sigh

Алиса въздъхна уморено

"there are better uses of time than riddles without answers"

"Има по-добро използване на времето, отколкото гатанки без отговори"

"have some more tea," the march hare said to Alice, very earnestly

— Изпийте още чай — каза маршовският заек на Алиса много сериозно

Alice was quite offended by the offer

Алис беше доста обидена от предложението

"I've had not had tea yet," Alice replied

— Още не съм пила чай — отвърна Алиса

"therefore I can't have any more tea"

"Затова не мога да пия повече чай"

"You mean you can't have less tea," said the hat maker

— Искаш да кажеш, че не можеш да пиеш по-малко чай — каза производителят на шапки

"it's very easy to take more than nothing"

"Много е лесно да вземеш повече от нищо"

At this, Alice got up and walked off

При тези думи Алиса стана и си тръгна

The dormouse fell asleep instantly

Сънливостта заспала мигновено.

and neither of the others took the least notice of her going

и никой от другите не обърна ни най-малко внимание на нейното заминаване

though she looked back once or twice

въпреки че погледна назад веднъж или два пъти

they were trying to put the dormouse into the tea-pot

Те се опитваха да сложат сънливостта в чайника
"At any rate, I'll never go there again!" said Alice
— Във всеки случай никога повече няма да отида там! —
каза Алиса
and she walked her way through the woods
И тя тръгна през гората
"that was the stupidest tea-party I've ever been to"
— Това беше най-глупавото чаено парти, на което съм
била.
Just as she said this, she noticed something
Точно когато каза това, тя забеляза нещо
one of the trees had a door leading right into it
Едно от дърветата имаше врата, водеща право към него
"That's very interesting!" she thought
"Това е много интересно!" – помисли си тя
"I think I may as well go through the door"
"Мисля, че мога да вляза през вратата"
And through the door she went
И тя влезе през вратата.
Once more she found herself in the long hall
Тя отново се озова в дългата зала
again she was close to the little glass table
Тя отново беше близо до малката стъклена масичка
she took the little golden key
Тя взе малкия златен ключ
and she unlocked the door that led into the garden
и отключи вратата, която водеше към градината
Then she set to work nibbling at the mushroom
След това се зае да гризе гъбата
she had kept a piece of the mushroom in her pocket
Беше държала парче от гъбата в джоба си
and finally she was about a metre tall
и накрая беше висока около метър
then she walked down the little corridor
След това тръгна по малкия коридор
and then she finally found herself in the beautiful garden
И тогава най-накрая се озова в красивата градина

and she was among the bright flower and the cool fountains
и тя беше сред ярките цветя и хладните фонтани
 The queen's croquet ground

Игрището за крокет на кралицата
A large rose-tree stood near the entrance of the garden
Голямо розово дърво стоеше близо до входа на градината
the roses growing on the tree were white
Розите, които растяха на дървото, бяха бели
but there were three gardeners painting the rose
Но имаше трима градинари, които рисуваха розата
they were busily painting the roses red
Те усърдно боядисваха розите в червено
and Alice was watching them paint the roses red
а Алиса ги гледаше как боядисват розите в червено
and suddenly their eyes chanced to fall upon Alice
и изведнъж очите им случайно паднаха върху Алиса
Alice spoke a little timidly
Алиса заговори малко плахо
"Would you tell me, please;"
— Бихте ли ми казали, моля.
"why are you all painting those roses?"
— Защо всички рисувате тези рози?
five and seven said nothing, but looked at two
Пет и седем не казаха нищо, но погледнаха две
two spoke, in a low voice
двама говориха с тих глас
"Why, the fact is, you see, madam"
— Ами, факт е, разбирате ли, госпожо.
"this here ought to have been a red rose-tree"
— Това тук трябваше да е червено розово дърво.
"and we put a white rose-tree in by mistake"
"И по погрешка сложихме бяло розово дърво"
"as you would agree, the queen must not find out"
"Както бихте се съгласили, кралицата не трябва да
разбере"
"else we would all have our heads cut off"
"В противен случай на всички щяхме да си отрежем

главите"
"So you see, madam, we're doing our best"
— Виждате ли, госпожо, даваме най-доброто от себе си.
card five had been anxiously looking across the garden
Карта пета тревожно гледаше през градината
At this moment card five called out, "The queen! The queen!"
В този момент петата карта извика: "Царицата! Кралицата!"
and the three gardeners instantly scurried away
и тримата градинари мигновено се втурнаха
and they threw themselves flat upon their faces
и те се хвърлиха по лица
There was a sound of many footsteps
Чу се много стъпки
Alice looked around, eager to see the queen
Алиса се огледа наоколо, нетърпелива да види кралицата
At the start of the procession were ten soldiers
В началото на шествието бяха десет войници
their hands and feet were in the corners
ръцете и краката им бяха в ъглите
and in their hands and feet were clubs
и в ръцете и краката им имаше тояги
next came the ten courtiers
След това дойдоха десетте придворни
the courtiers were ornamented all over with diamonds
придворните бяха украсени навсякъде с диаманти
After the courtiers came the royal children
След придворните дойдоха царските деца
there were ten of the royal children
Имаше десет от кралските деца
and all the royal children were ornamented with hearts
и всички царски деца бяха украсени със сърца
Next came the guests; mostly kings and queens
След това дойдоха гостите; предимно крале и кралици
and among the kings and queen Alice saw someone
и сред кралете и царицата Алиса видя някой

she saw again the white rabbit she had chased
Тя отново видя белия заек, когото беше преследвала.
The procession was followed the knave of hearts
Шествието беше последвано от измамника на сърцата
he was carrying the king's crown
Той носеше кралската корона
and the king's crown was on a crimson velvet cushion
а короната на краля беше върху пурпурна кадифена възглавница
and then came the end of this grand procession
И тогава дойде краят на това грандиозно шествие
and there at the end were the king and queen of hearts
и там в края бяха кралят и царицата на сърцата
the procession came opposite to Alice
процесията дойде срещу Алис
and they all stopped and looked at her
и всички спряха и я погледнаха
and the queen said severely, "Who is this?"
и царицата каза строго: "Кой е този?"
She said it to the Knave of Hearts
Тя го каза на Веела на сърцата
but he just bowed and smiled in reply
Но той само се поклони и се усмихна в отговор
Alice spoke very politely
Алиса говори много учтиво
"My name is Alice, so please your majesty"
"Казвам се Алис, така че моля Ваше Величество"
but she had other thoughts to herself
но имаше други мисли за себе си
"they're only a pack of cards, after all!"
— В края на краищата те са само тесте карти!
"Can you play croquet?" shouted the queen
— Можеш ли да играеш крокет? — извика кралицата
The question was evidently meant for Alice
Въпросът очевидно беше предназначен за Алис
"Yes!" said Alice loudly
— Да! — каза Алиса високо

"Come play then!" roared the queen
— Елате да играете тогава! — изрева кралицата
a timid voice spoke to Alice
плах глас заговори на Алис
"it's a very fine day!"
"Много хубав ден е!"
She was walking by the white rabbit
Тя вървеше покрай белия заек
and the White Rabbit was peeping anxiously into her face
а Белият заек надничаше тревожно в лицето й
"a very fine day indeed," confirmed Alice
— Наистина много хубав ден — потвърди Алиса
"Where's the duchess?"
— Къде е херцогинята?
"Hush! Hush!" said the Rabbit
— Тихо! Тихо! — каза Заекът
"She's under sentence of execution"
"Тя е осъдена на екзекуция"
"What is she being executed for?" asked Alice
— За какво я екзекутират? — попита Алиса
"She scuffed the queen's ears," the rabbit began
— Тя изтърка ушите на кралицата — започна заекът
the queen shouted in a voice of thunder
Кралицата извика с гръмотевичен глас
"Get to your places!"
"Отидете на местата си!"
and people began running about in all directions
и хората започнаха да тичат във всички посоки.
and they all tumbled up against each other
и всички се преобърнаха един в друг.
However, they got settled down in a minute or two
Те обаче се успокоиха за минута или две
and then the game began
И тогава играта започна
Alice had never seen such a curious croquet ground
Алиса никога не беше виждала толкова любопитно
игрище за крокет

the grass was all ridges and furrows
тревата беше цялата хребети и бразди
The croquet balls were real hedgehogs
Топките за крокет бяха истински таралежи
and the mallets were real flamingos
А чуковете бяха истински фламинго
and the soldiers stood on their hands and feet
и войниците стояха на ръце и крака
because the arches was made from their bodies
защото арките са направени от техните тела
The players all played at once
Всички играчи играха наведнъж
nobody waited for their turns
никой не чакаше реда им
and everyone quarrelled with everyone
и всички се скараха с всички
and all were fighting for the hedgehogs
и всички се биеха за таралежите
soon the queen was in a furious passion
Скоро кралицата изпаднала в яростна страст
and she started stamping about and shouting
и тя започна да тропа наоколо и да крещи
"Chop off his head!"
— Отрежете му главата!
"Chop off her head!"
— Отрежете й главата!
"Chop all their heads off!"
— Отрежете им главите!
Again Alice thought to herself
Алиса отново си помисли
"They're dreadfully fond of beheading people here"
"Те ужасно обичат да обезглавяват хора тук"
"the great wonder is that there's anyone left alive!"
"Голямото чудо е, че има някой останал жив!"
She was looking about for some way of escape
Тя търсеше някакъв начин за бягство
she noticed a curious appearance in the air

Тя забеляза любопитна поява във въздуха
"It's the Cheshire-cat," she said to herself
"Това е чеширската котка", каза си тя
"now I shall have somebody to talk to"
"Сега ще имам с кого да говоря"
"How are you getting on?" said the cat
— Как си? — попита котката
"I don't think they play at all fairly," Alice said
"Не мисля, че играят изобщо честно", каза Алис
and she had a rather complaining tone
и имаше доста оплакващ тон
"they all quarrel so dreadfully"
"Всички се карат толкова ужасно"
"one can't hear oneself speak"
"Човек не може да чуе себе си да говори"
"and they don't seem to play by any rules"
"И изглежда не играят по никакви правила"
the cat asked Alice a question in a low voice
котката зададе въпрос на Алис с тих глас
"How do you like the queen?"
— Как ти харесва кралицата?
"I don't like her at all," said Alice
— Изобщо не я харесвам — каза Алис

Alice thought she might as well go back

Алиса си помисли, че може да се върне

she wanted to see how the game was going

Искаше да види как върви играта

she went off in search of her hedgehog

Тя тръгна да търси таралежа си

The hedgehog was busy fighting another hedgehog

Таралежът беше зает да се бори с друг таралеж

this was an excellent opportunity

Това беше отлична възможност

she could croquet one hedgehog with the other

можеше да крокетира единия таралеж с другия

but her flamingo was on the other side of the garden

но фламингото й беше от другата страна на градината

the flamingo was rather clumsy

Фламингото беше доста тромаво

her flamingo was trying to fly up into a tree

Фламингото й се опитваше да полети на дърво

She caught the flamingo by the leg

Тя хвана фламингото за крака

and she tucked the flamingo away under her arm

И тя прибра фламингото под мишницата си

that way the flamingo couldn't escape again

По този начин фламингото не можеше да избяга отново

Just then Alice happened to meet the duchess

Точно тогава Алиса случайно срещна херцогинята

The duchess was now out of prison

Херцогинята вече беше излязла от затвора

She tucked her arm affectionately under Alice's arm

Тя нежно пъхна ръката си под мишницата на Алис

and then they walked off together

и след това си тръгнаха заедно

Alice was very glad to find her in such a pleasant temper

Алиса много се зарадва, че я намери в толкова приятен нрав

She was a little startled, however

Тя обаче беше малко стресната

she heard the voice of the duchess close to her ear
Тя чу гласа на херцогинята близо до ухото си
"You're thinking about something, my dear"
- Мислиш за нещо, скъпа моя.
"and that makes you forget to talk"
"И това те кара да забравиш да говориш"
"The game's going on rather better now," Alice said
"Мачът върви доста по-добре сега", каза Алис
it was one way of keeping the conversation going
Това беше един от начините да се поддържа разговорът
"it is so indeed," said the duchess
— Наистина е така — каза херцогинята
"and the moral of that is this:"
"И поуката от това е следната:
"It is love that does it all!"
"Любовта е тази, която прави всичко!"
"Love is what makes the world go around"
"Любовта е това, което кара света да се върти"
Alice had another explanation
Алис имаше друго обяснение
"it's done by everybody minding his own business!"
— Прави се от всеки, който си гледа работата!
"Ah, well! You could be right"
— А, добре! Може и да си прав"
"It all means much the same thing," said the Duchess
— Всичко това означава почти едно и също нещо — каза
херцогинята
and she dug her sharp little chin into Alice's shoulder
и тя заби острата си брадичка в рамото на Алис
"and the moral of that is this"
"И поуката от това е следната"
"Take care of the sense"
"Погрижете се за сетивата"
"and then the sounds will take care of themselves"
"И тогава звуците ще се погрижат за себе си"
but then the duchess's arm began to tremble
но тогава ръката на херцогинята започна да трепери

Alice looked up and there stood the queen
Алиса вдигна поглед и там стоеше кралицата
the queen had her arms folded
Кралицата беше със скръстени ръце
and she was frowning like a thunderstorm!
и тя се мръщеше като гръмотевична буря!
"I give you fair warning," shouted the queen
— Справедливо ви предупреждавам — извика кралицата
and she stomped on the ground as she spoke
и тя тропна по земята, докато говореше.
"either your head or her head must be off"
"Или главата ти, или главата й трябва да е изключена"
"Take your choice!"
"Направете своя избор!"
"and be quick about it"
"И бъдете бързи"
The duchess made her choice
Херцогинята направи своя избор
and within a moment the duchess was gone
и след миг херцогинята изчезна
Then the queen spoke to Alice
Тогава кралицата заговори с Алис
"Let's go on with the game"
"Да продължим с играта"
Alice was too frightened to say a word
Алиса беше твърде уплашена, за да каже и дума
and she slowly followed her back to the croquet-ground
и тя бавно я последва обратно към игрището за крокет.
the whole time the queen quarrelled with the other players
през цялото време царицата се кареше с другите играчи
"Chop off his head!"
— Отрежете му главата!
"Chop off her head!"
— Отрежете й главата!
"Chop all their heads off!"
— Отрежете им главите!
soon all the players were in custody

Скоро всички играчи бяха задържани
only the king, the queen, and Alice remained
останаха само кралят, кралицата и Алиса
Then the queen left, quite out of breath
След това кралицата си тръгна, съвсем задъхана
and she walked away with Alice
и си тръгна с Алис
Alice heard the king quietly say something
Алиса чу краля тихо да казва нещо
"You are all pardoned"
"Всички сте помилвани"
but suddenly there was another cry heard
но изведнъж се чу друг вик
"The trial is beginning!"
"Процесът започва!"
and Alice ran along with the others
и Алиса хукна заедно с останалите

who stole the tarts?

Кой открадна тартите?

The king and queen of hearts were seated

Царят и царицата на сърцата седяха

they were on their throne when Alice arrived

те бяха на трона си, когато Алиса пристигна

there was a great crowd assembled around them

около тях се събра голяма тълпа

there were all sorts of little birds and beasts

имаше всякакви малки птици и зверове

and there was the whole pack of cards

И там беше цялото колоде карти

the knave was standing in front of them, in chains

Мошеникът стоеше пред тях, във вериги

and there was a soldier on each side to guard him

и имаше по един войник от всяка страна, който да го пази

near the King was the white rabbit

близо до краля беше белият заек

he had a trumpet in one hand

Той държеше тромпет в едната си ръка

and he had a scroll of parchment in the other hand

а в другата ръка имаше свитък от пергамент

In the very middle of the court was a table

В средата на двора имаше маса

on the table was a large dish of tarts

На масата имаше голямо ястие с тарти

"I wish they'd get the trial done," Alice thought

"Иска ми се да бяха приключили процеса", помисли си Алиса

"then we could eat some of those refreshments!"

"Тогава бихме могли да изядем някои от тези освежителни напитки!"

The judge, by the way, was the king

Съдията, между другото, беше кралят

and he wore his crown over his great wig

и носеше короната си върху голямата си перука.

"That's the jury-box," thought Alice

— Това е съдебната ложа — помисли си Алиса

"and those twelve creatures, I suppose they are the jurors"

— И тези дванадесет същества, предполагам, че са съдебните заседатели.

some were animals, and some were birds

някои са били животни, а други са били птици

Just then the white rabbit cried out

Точно тогава белият заек извика

"Silence in the court!"

"Тишина в съда!"

"Herald, read the accusation!" said the king

— Вестителю, прочети обвинението! — каза кралят

the white rabbit blew three blasts on the trumpet

Белият Заек наду три удара по тръбата

then he unrolled the parchment-scroll

След това разгъна пергаментния свитък
and he read as follows:
и той прочете следното:
"The queen of hearts, she made some tarts,"
"Кралицата на сърцата, тя направи няколко тарти",
"All this she did on a summer day"
"Всичко това тя направи в един летен ден"
"The knave of hearts, he stole those tarts"
"Мошеникът на сърцата, той открадна тези тарти"
"And he took those tarts far away!"
— И той отнесе тези тарти далеч!
"Call the first witness," said the king
— Повикайте първия свидетел — каза кралят
and the white rabbit blew three blasts on the trumpet
и белият заек наду три звука на тръбата
"bring the first witness!" he called out
— Доведете първия свидетел! — извика той
The first witness was the hat maker
Първият свидетел беше производителят на шапки
he came in with a teacup in one hand
Той влезе с чаша чай в едната си ръка
and he had a piece of bread and butter in the other hand
и имаше парче хляб и масло в другата ръка
"You ought to have finished," said the King
— Трябваше да приключиш — каза кралят
"When did you begin?"
— Кога започна?
The hat maker looked at the march hare
Производителят на шапки погледна маршовия заек
the march hare had followed him into the court
Маршовият заек го беше последвал в двора
he had walked arm in arm with the dormouse
Той вървеше ръка за ръка със сънливостта
"Fourteenth of March, I think it was," he said
"Четиринадесети март, мисля, че беше", каза той
"Give your evidence," said the king
— Дайте показанията си — каза кралят

"and don't be nervous, or I'll have you executed on the spot"
"И не се нерви, иначе ще те екзекутират на място"
This did not seem to encourage the witness at all
Това изобщо не окуражава свидетеля
he kept shifting from one foot to the other
Той продължаваше да се движи от единия крак на другия
and he looked uneasily at the queen
и погледна неспокойно кралицата
and, in his confusion, he bit a large piece out of his teacup
и в объркване той отхапа голямо парче от чашата си
really he meant to bite from his bread and butter
наистина той искаше да отхапе от хляба и маслото си
Just at this moment Alice felt a very curious sensation
Точно в този момент Алиса изпита много любопитно
усещане
she was beginning to grow larger again
Тя отново започваше да става по-голяма
The miserable hat maker dropped his teacup
Нещастният производител на шапки изпусна чашата си
and the bread and butter fell to the ground
и хлябът и маслото паднаха на земята
and he went down on one knee
и падна на едно коляно
"I'm a poor man, your majesty," he began
— Аз съм беден човек, ваше величество — започна той
"You're a very poor speaker," said the king
— Вие сте много лош оратор — каза кралят
"You may go," said the king
— Можете да тръгнете — каза кралят
and the hat maker hurriedly left the court
и майсторът на шапки бързо напусна двора
"Call the next witness!" said the king
— Повикайте следващия свидетел! — казал царят
The next witness was the duchess's cook
Следващият свидетел беше готвачът на херцогинята
She carried the pepper-box in her hand
Тя носеше кутията с пипер в ръката си

and the people near the door began sneezing all at once

и хората близо до вратата започнаха да кихат изведнъж

"Give your evidence," said the king

— Дайте показанията си — каза кралят

"I shall give no evidence," said the cook

— Няма да дам никакви показания — каза готвачът

The king looked anxiously at the white rabbit

Царят погледна тревожно белия заек

and the white rabbit spoke in a quiet voice

и белият заек заговори с тих глас

"your majesty must cross-examine this witness"

"Ваше Величество трябва да подложи на кръстосан разпит този свидетел"

"Well, if I must, I must," the king said

— Е, ако трябва, трябва — каза кралят

"What are tarts made of?"

"От какво са направени тартите?"

"tarts are made of pepper, mostly," said the cook

"Тартите се правят предимно от черен пипер", каза готвачът

For some minutes the whole court was in confusion

В продължение на няколко минути целият двор беше в объркване

eventually they all settled down again

В крайна сметка всички се успокоиха отново

but by then the cook had disappeared

но дотогава готвачът беше изчезнал

"Never mind!" said the king

— Няма значение! — каза кралят

"call to the stand the next witness"

"Призовавайте на трибуната следващия свидетел"

Alice watched the white rabbit as he fumbled over the list

Алиса наблюдаваше белия заек, докато той ровеше в списъка

you can imagine her surprise at what she heard next

можете да си представите изненадата й от това, което чу след това

at the top of his shrill little voice, he called the name "Alice!"
с пълния си писклив глас той извика името "Алис!"
 Alice's evidence
Доказателствата на Алис
"Here!" cried Alice
— Тук! — извика Алиса
She jumped up in a great hurry
Тя скочи много бързо
and she tipped over the jury-box
и тя преобърна ложата на съдебните заседатели
and she knocked over all the jurymen
и събори всички съдебни заседатели
and they fell on to the heads of the crowd below
И те паднаха върху главите на тълпата долу
Alice was in great dismay
Алиса беше в голям ужас
"Oh, I beg your pardon!" she exclaimed
— О, моля за извинение! — възкликна тя
"The trial cannot proceed," said the king
— Процесът не може да продължи — каза кралят
"the jurymen must get back in their proper places"
"Съдебните заседатели трябва да се върнат на местата си"
he repeated the order with great emphasis
той повтори заповедта с голямо наблягане
and he looked at Alice sternly
и той погледна Алиса строго
"What do you know about these events?" the king asked Alice
— Какво знаеш за тези събития? — попита кралят Алиса
"I know nothing on the subject," said Alice
— Не знам нищо по въпроса — каза Алиса
The king then read from his book
След това кралят прочете от книгата си
"Rule forty two"
"Правило четиридесет и второ"
"All persons more than a mile high are to leave the court"
"Всички лица на височина над една миля трябва да

напуснат съда"
"I'm not a mile high," said Alice
— Не съм висока и една миля — каза Алис
"Nearly two miles high," said the Queen
— Почти две мили висок — каза кралицата

"Well, I refuse to go," said Alice
— Е, отказвам да отида — каза Алиса
The king turned pale
Кралят пребледнял
and he shut his note-book hastily
и той бързо затвори бележника си
"Consider your verdict," he said to the jury
"Обмислете присъдата си", каза той на съдебните
заседатели
he spoke in a low, trembling voice
Той заговори с нисък, треперещ глас
then the white rabbit spoke
тогава белият заек проговори
"There's more evidence to come yet"
"Предстоят още доказателства"

and he jumped up in a great hurry
и той скочи в голяма бързина
"This paper has just been picked up"
"Тази статия току-що беше взета"
"It seems to be a letter written by the prisoner"
"Изглежда, че това е писмо, написано от затворника"
He unfolded the paper as he spoke
Той разгъна листа, докато говореше
"It isn't a letter, after all"
"В края на краищата това не е писмо"
"what it was was a set of verses"
"Това, което беше, беше набор от стихове"
"Please, your majesty," said the knave
— Моля ви, ваше величество — каза мошеникът
"I didn't write those verses"
"Аз не съм написал тези стихове"
"and they can't prove that I wrote anything"
"и не могат да докажат, че съм написал нещо"
"there's no name signed at the end"
"Няма подписано име в края"
the king spoke to the knave
Царят говори на мошеника
"You must have meant to cause some mischief"
— Сигурно си искал да причиниш някаква пакостиня.
"else you'd have signed your name like an honest man"
"Иначе щеше да се подпишеш като честен човек"
There was a general clapping of hands
Последва общо пляскане с ръце
and the king turned to the white rabbit
и царят се обърна към белия заек
"Read the verses," he ordered
— Прочети стиховете — заповяда той
There was dead silence in the court
В съда настъпи мъртва тишина
and the white rabbit read out the verses
и белият заек прочете стиховете
They told me you had been to her

Казаха ми, че си бил при нея.

And they mentioned me to him

И те му споменаха за мен

She gave me a good character

Тя ми даде добър характер

But she said I could not swim

Но тя каза, че не мога да плувам

He sent them word I had not gone

Той им изпрати съобщение, че не съм отишъл

We know it to be true

Знаем, че е истина.

If she should push the matter on, what would become of you?

Ако тя продължи въпроса, какво ще стане с вас?

I gave her one, they gave him two

Аз й дадох една, те му дадоха две

You gave us three or more

Ти ни даде три или повече

They all returned from him to you

Всички те се върнаха от него при теб.

although they were mine before

въпреки че преди бяха мои,

If I or she should chance to be

Ако аз или тя трябва да бъда

If I or she were involved in this affair

Ако аз или тя бях замесен в тази афера,

He trusts to you to set them free

Той ти се доверява да ги освободиш

Exactly as we were

Точно такива, каквито бяхме

My notion was that you had been

Моята представа беше, че ти си била.

Before she had this fit

Преди да получи този пристъп

An obstacle that came between

Препятствие, което се появи между

Him, and ourselves, and it

И той, и ние, и той.
Don't let him know she liked them best
Не му позволявай да знае, че ги харесва най-много
For this must for ever be a secret, kept from all the rest
Защото това трябва да бъде завинаги тайна, пазена от всички останали
This secret must remain a secret between yourself and me
Тази тайна трябва да остане тайна между теб и мен.
the king was very impressed
Кралят беше много впечатлен
"That's the most important piece of evidence we've heard yet"
"Това е най-важното доказателство, което сме чували досега"
"I don't believe those verses carry an atom of meaning," objected Alice
— Не вярвам, че тези стихове носят атом от смисъл — възрази Алиса
the King had his own opinion on the matter
кралят имаше свое мнение по въпроса
"If there's no meaning in those words, that saves a world of trouble"
"Ако няма смисъл в тези думи, това спасява цял свят от неприятности"
"then we needn't try to find the meaning"
"Тогава не е нужно да се опитваме да намерим смисъла"
"Let the jury consider their verdict"
"Нека съдебните заседатели обсъдят присъдата си"
"No, no!" said the queen
— Не, не! — каза кралицата
"Sentencing first—verdict afterwards"
"Първо произнасяне на присъда, след това присъда"
"Stuff and nonsense!" said Alice loudly
— Глупости и глупости! — каза Алиса високо
"how silly it is to sentence the defendant first!"
"Колко глупаво е да осъдиш подсъдимия пръв!"

"Hold your tongue!" said the queen, turning purple

— Млъкни — каза царицата и почервеняла

"I will not hold my tongue!" said Alice

— Няма да си държа езика! — каза Алиса

the queen shouted at the top of her voice

Кралицата извика с пълен глас

"chop off her head!"

— Отрежете й главата!

Nobody made a movement

Никой не направи движение

"Who cares what you say?" said Alice

— На кого му пука какво казвате? — попита Алиса

she had grown to her full size by this time

По това време тя беше пораснала до пълния си размер

"You're nothing but a pack of cards!"

— Ти не си нищо друго освен тесте карти!

At this, all the cards rose up in the air

При това всички карти се издигнаха във въздуха

and all the cards came flying down upon her

и всички карти полетяха върху нея
she gave a little scream
Тя изкрещя леко,
she was half afraid, but also angry
Тя беше наполовина уплашена, но и ядосана
and she tried to fight the cards off of herself
И тя се опита да се пребори със себе си
and then she found herself lying on the grass bank
и тогава се озова да лежи на тревния бряг
her head was in the lap of her sister
главата й беше в скута на сестра й.
some dead leaves had landed on her face
Няколко мъртви листа бяха паднали върху лицето й
and her sister was gently brushing the leaves away
а сестра й нежно избърсва листата
"Wake up, Alice dear!" said her sister
— Събуди се, Алис, скъпа! — каза сестра й
"what a long sleep you've had!"
— Какъв дълъг сън имахте!
"Oh, I've had such a curious dream!" said Alice
— О, сънувах толкова странен сън! — каза Алиса
And she told her sister all she could remember
И разказа на сестра си всичко, което можеше да си спомни
all the strange adventures that you have just been reading about
всички странни приключения, за които току-що прочетохте
Alice got up and ran off
Алис стана и побягна
and she thought, while she ran, about her dream
и докато тичаше, тя си мислеше за съня си
"what a wonderful dream it had been!"
— Какъв прекрасен сън беше!

9 781835 666371